Hello Selectioners!
I love you all &
thanks so much for
reading. Hugs & Kisses!
KC

决战王妃

背叛之吻

THE ELITE

[美] 绮拉·凯斯 著　　李燕霞　杨小蕾 译
Kiera Cass

四川文艺出版社

图书在版编目（CIP）数据

决战王妃．2，背叛之吻 /（美）凯斯著；李燕霞译．
—成都：四川文艺出版社，2015.7
ISBN 978-7-5411-4149-2
Ⅰ．①决… Ⅱ．①凯… ②李… Ⅲ．①长篇小说－美国－现代
Ⅳ．①I712.45

中国版本图书馆CIP数据核字（2015）第171639号

著作权登记号 图字：21-2015-33-35

背叛之吻
BEI PAN ZHI WEN

作　　者 [美] 绮拉·凯斯
译　　者 李燕霞 杨小蕾
责任编辑 李晓娟 李淑云
版权编辑 郭　森
装帧设计 蒋宏工作室
排版制作 尚上文化

出版发行 四川文艺出版社
社　　址 成都市槐树街2号
网　　址 www.scwys.com
电　　话 028-86259285（发行部）028-86259303（编辑部）
传　　真 028-86259306

读者服务 010-67693312
总 经 销 新华文轩出版传媒股份有限公司

印　　刷 三河市华业印务有限公司
开　　本 880mm×1230mm
印　　张 10.25
字　　数 219千字
版　　次 2016年1月第1版
印　　次 2016年1月第1次印刷
书　　号 ISBN 978-7-5411-4149-2
定　　价 29.00元

献 给 妈 妈

召集仆人！

女王觉醒！

THE ELITE

第一章

整个杉矶城都静悄悄的，我就躺在那儿，一动也不动，专心听着麦克森的呼吸。最近，要找到他真正心平气和的时刻，越来越不容易了，而这一刻，我感激老天爷把最好的他留给我们独处的时间。

自从王妃候选人只剩下六个姑娘以来，他的焦虑症比一开始有三十五个姑娘时还严重。我想，这是因为他本以为自己能有更多时间来做这个决定。我觉得有点儿内疚，我知道，我就是他焦虑得要命的主要原因。

麦克森王子是伊利亚王国的王位继承人，而他居然喜欢我。一个星期之前，他跟我说，如果我能直接说出我对他的心情跟他对我的心情一样，毫无保留的话，这场比赛早就该结束了。有时候，我也难免会思索，如果自己只属于麦克森的话，那会是一种什么样的感觉。

可问题是，麦克森从一开始就不是属于我的。这儿还有另外五个姑娘呢，个个都是他会单独约会、温柔耳语的女孩，而我不知道怎样面对这件事。然后，还有另外一个问题，如果我接受麦克森，这就意味着我接受了皇冠，可我一直没想清楚，成为皇族会给我的生活带来什么样的麻烦。

而且，当然，现在还有艾斯本。

严格来说，他现在不是我的男朋友，因为在我入选之前他就跟我分手了。但当他作为警卫出现在皇宫里的那一刻，所有努力想要忘记的感情又一股脑儿涌上心头。艾斯本的确是我的初恋，当我看到他的时候……我就是属于他的。

麦克森不知道艾斯本已经来了皇宫，但他的确知道我正努力忘记家乡的某个人，而且还很大度地给我时间去放下，同时他又得做好准备，我万一不会爱上他，他还得找别人过。

他的头移到我发际线上，深深地吸了一口气。我在想，如果能简简单单地爱麦克森，会是怎样的感受？

“你知道我上一次看星星是什么时候吗？”他问。

我坐在毯子上向他靠了靠，试图在杉矶城微凉的空气中寻找一丝温暖：“不知道。”

“几年前，有一位老师教我天文学。你要仔细看，就能看出每颗星星的颜色都不太一样。”

“等会儿，你上一次看星星是为了**研究**它们？不是因为好玩儿？”

他笑出声来：“好玩儿？这可是要在预算会议和基建委员会会议之间特别安排些时间才能有。噢，还有战事分析会议，这一个题目，我可是特别不在行。”

“你还有什么别的是不在行的？”我的手指划过他一身熨得平整的白衬衫，因为我主动摸他，他好像受到鼓励，也开始用搂着我后背的那只手，在我肩膀上画圈圈。

“你为什么想知道呢？”他假装有点不高兴地反问。

“因为你的事情我知道的还是不多啊，而且你总是那么完美，如果能有证据证明你不完美，不是挺好的嘛。”

他一边手臂支起身来，看着我的脸：“你**知道**我不完美。”

“接近完美了。”我回答。我们看着彼此，若有似无地在触碰着对方，膝盖、手臂、手指。

他摇了摇头，脸上挂着微笑：“那好吧，我计划不了战争，简直烂透了。而且，我觉得自己应该是个非常糟糕的厨子，可是因为我从没试过，所以……”

“从没？”

“你可能没有注意到，让你吃糕点吃到饱的那队人马，很不巧，他们也同样负责喂养我。”

我忍不住咯咯地笑。在家时，每顿饭我都会帮厨。“再多说点。”我要求他接着说，“还有什么是不你擅长的？”

他抱我抱得紧了点儿，棕色的眼睛眨巴着，准备透露一个秘密：“最近，我发现了一件事……”

“说啊。”

“原来，我不擅长跟你保持距离，这可是个很严重的问题。”

我笑：“你有认真努力过吗？”

他假装想了想：“嗯，没有，而且也别期望我会努力。”

我们怀抱着对方，无声地笑了。在这种时刻，很容易幻想这就是我未来的生活。

地上的枯叶发出沙沙的声响，有人往我们的方向走来。虽然我们的约会名正言顺，我还是觉得有点儿尴尬，马上就坐了起来。一名警卫走过草篱朝我们走来，麦克森也坐了起来。

“殿下。”他鞠了个躬，“抱歉，打扰了，但是，您在外面待那么长时间，实在太不明智了。反叛分子会……”

“知道了。”麦克森叹了口气，“我们现在就回去。”

警卫离开了，而麦克森转向我：“我另一个弱点：对反叛分子已经失去耐心，实在不想再应付他们了。”

他站了起来，抽出手来要扶我，我伸手过去，看着他双眼里痛苦挫败的神情。自从选妃开始，反叛分子已经来袭两次了，一次是捣乱的北方叛军，一次是致命的南方叛军。虽然我也是刚刚了解到这些信息，可我能明白他的疲惫。

麦克森拿起地上的毯子扬了扬，明显不高兴我们相处的时间被打断了。

“喂，”我开口，让他看着我，“我挺开心的。”

他点点头。

“嗯，真的啦。”我走到他身边，他单手拿着毯子，另一只手环抱着我，“我们找时间再出来待会儿，下次你告诉我什么星星是什么颜色的，我可是完全看不出来。”

麦克森回我一个伤感的笑容：“我真的好希望事情能够简单一点，普通一点。”

我挪动了一下，好让自己也能抱着他，与此同时，麦克森放下毯子，双手环抱着我："我真不忍心告诉您，殿下，就算没有那些警卫，您跟普通两字也沾不上边儿。"

他的表情稍微轻松了一点儿，但还是很严肃："如果我普通的话，你会更喜欢我。"

"我知道你很难相信，但我真的喜欢你现在这个样子。我只是需要多一点……"

"时间。我知道，而且我也准备好给你时间了。我只是希望，当这些时间过去之后，你会真心想和我在一起。"

我转开头。这可不是我能答应的事。我把麦克森和艾斯本放在心里衡量来衡量去，可是谁也没有比谁更重要一点。除非是我单独和他们其中一个相处的时候。就像现在，我有强烈的冲动想要答应麦克森，最后我会留在他身边。

但我不能这么做。

"麦克森，"看着因为我不能给一个答案而失望的面孔，我低语。"我不能给你一个答案，但是我能够告诉你，我**想留在这里，我想尝试，看看能不能变成……**"我有点儿结巴，不知道怎么用词才好。

"我们？"麦克森猜出来了。

我笑出来，很高兴他这么了解我："是的，我想知道是不是有可能结合成**我们**。"

他捋了捋我肩后的头发："我觉得机会还是很大的。"他一副就事论事的样子。

"我也这么想，只是需要……时间，好吗？"

他点点头，看起来高兴了点儿。这个感觉正是我希望作为今晚离别的基调，带着希望。嗯，或许还有一件事。我咬了咬嘴唇，往麦克森身上靠过去，眼神中是请求。

他毫不犹豫地低下头亲了我，非常温柔，让我觉得倍受宠爱，甚至想要更多。为了搞清楚自己是否会腻歪这种感受，我真的可以花几个小时来试验一下。但没一会儿工夫，麦克森就退开了。

“走吧。”他的声音中带着愉悦，拉着我回皇宫，“在警卫带着长矛骑着马来找我们前，还是快回去吧。”

当麦克森把我送到楼梯口时，疲惫的感觉一下子涌了上来。我几乎是把自己拖上二楼的，好不容易转过弯就要到自己房间了，突然之间，我彻底清醒了。

“啊！”艾斯本喊出声来，看到我明显也很惊讶，“我居然以为这段时间你一直在房间里，这点足以让我变成最糟糕的警卫了。”

我咯咯地笑。原则上精英等级需要至少一位侍女陪寝，不能一晚上都无人照看。但我真的非常不喜欢这种安排，所以麦克森才要坚持安排一名警卫在我门口，以免出什么状况。可问题是，这个站岗的警卫绝大部分时候都是艾斯本，知道每天晚上站在门外的是他，是一种特别怪异的刺激和恐怖感。

艾斯本迅速反应过来，这个时候我还没有安睡在床上意味着什么。我们之间轻松的气氛马上荡然无存。他很不自然地清了下嗓子。

“你过得愉快吗？”

“艾斯本，”我轻轻呼唤他，并四下看看，有没有人在附近，“别不开心，作为王妃候选人，这是很正常的。”

“我又怎么可能有机会呢，亚美？你只跟我们之中的一个有机会相处，我又怎么可能竞争得过他呢？”他说的很有道理，可是，我又能怎么办呢？

“艾斯本，请你别生我的气，我努力要想明白这一切。”

“不，亚美。”他说，声音又恢复了昔日的温柔，“我不是生你的气，我是想你。”他不敢大声说这一句，但看他的嘴型清楚是在说：“我爱你。”

我的心融化了。

“我知道。”我说，一只手放在他的胸膛上，那一刻我允许自己忘记暴露的危险，“但这也不能改变我们的现状，我是精英等级了。我需要时间，艾斯本。”

他举手抓着我放在他身上的手，点了点头：“我可以给你时间，只是……也试着留点儿时间给我。”

我不想提这件事会有多复杂，所以只是给他一个虚弱的笑容，轻轻把手抽回来：“我要回去了。”

他看着我走进房间，看着我把门关上。

时间，是最近我一直在要求的东西。我只希望在得到足够的时间后，所有的事情能顺利解决。

THE ELITE

第二章

“噢不，不。”安伯莉王后大笑着回答，“我只有三个伴娘，虽然，克拉克森的母亲建议我多安排几个，但我只想要我的姐妹和在选妃过程中交到的好朋友。”

我偷偷瞄了眼玛莉，很高兴看到她同时也在看我。在来皇宫之前，我以为竞争这么激烈的比赛，参与的女孩子肯定不会友善。可是，玛莉在第一次见面时就毫无保留地接纳了我，从那一刻起，我们就互相扶持。除了那次差点儿相持不下的情况外，我们几乎从来没有争吵过。

几个星期以前，玛莉说起过她根本不想和麦克森在一起。但当我想追问下去时，她就什么也不说了。她并非生我的气，我知道，但那些相互躲避的日子真的让我觉得好寂寞。

“我想要七个伴娘。”克瑞斯说，“我是说，如果麦克森选我，而我能办一个盛大的婚宴的话。”

“嗯，我不想要伴娘。”塞莱斯特说，她就是要跟克瑞斯唱反调，“她们会让大家的注意力分散，毕竟这个婚礼要通过电视直播，我希望所有目光都只在我身上。”

我真生气了，这么难得跟安伯莉王后坐在一起聊天，塞莱斯特非要把这毁了才高兴。

“我希望我的婚礼上能加入一些我家乡的文化元素。”伊莉斯默默地说，“新亚洲的女孩子在婚礼上会用很多红色的元素，而且，新郎需要送新娘的朋友们礼物，感谢她们让她嫁给他。”

克瑞斯马上就来劲儿了：“记得请我去你的婚礼，我最爱礼物了！”

“我也是！”玛莉也起哄。

“亚美利加女士，你一直都很沉默呢。”安伯莉王后问我，“你的婚礼上想要什么呢？”

我一下子脸红了，因为我完全没有想过这个问题的答案。

我只想象过一种婚礼，那是要在卡罗莱纳省政府服务办公室里，完成一系列繁锁的手续之后举行的简单仪式。

“嗯，我唯一想过的细节是，希望由我爸爸送我出嫁。你们知道的，由他牵着我的手，然后把我的手放到新郎的手上。这一部分是我真正想要的。”虽然有点儿不好意思，可真的是这样的。

“但每个人都是由父亲送出嫁的啊。”塞莱斯特抗议，“这连创意都说不上。”

她突然这样针对我，我本该生气，可我只是耸肩表示不屑：“我只是想确认，在那个重要的日子里，我爸爸完全同意我的选择。”

“真好！”纳塔莉感叹，喝着杯中的茶，看着窗外。

安伯莉王后轻快地笑了："我衷心希望他能同意，无论这位父亲是谁。"她迅速地加上了后面那一句，肯定是觉得自己话中之意暗示着麦克森是我的选择。

我好奇她是不是这么想的，不知麦克森有没有告诉她我们之间的事。

一会儿之后，关于婚礼的话题悄悄结束。王后回自己的房间工作了，塞莱斯特坐到墙上的大电视前，其他女孩开始打扑克牌。

"刚才还挺有意思的。"玛莉和我一边在一张桌旁坐下，一边说着，"我好像从来没有听王后说过这么多话。"

"我觉得她开始兴奋起来了。"我没有跟任何人提过，安伯莉王后的姐姐曾跟我说她试图再要孩子却都失败了的事。阿黛尔预言，她的妹妹在我们这个团体变小了之后，便会对我们热情起来，看来她的预言成真了。

"好吧，你要跟我说真话。你真的对婚礼没有别的想法，还是你不想说而已？"

"我真的没有。"我发誓，"难以想象一个盛大的婚礼是怎么样的，你知道的，我是第五等级。"

玛莉摇了摇头："你**原来**是第五等级，现在是第三等级了。"

我的原生家庭是第五等级的，那是一般情况下收入都很低的艺术家和音乐家阶层。虽然我很讨厌阶级制度，但我喜欢自己维生的工作。想到自己现在是第三等级，要以教育或写作为职业，感觉还有些奇怪。

"别多想了。"玛莉看着我脸上的表情说，"你现在没什么好担心的。”

我正要反对呢，就被塞莱斯特一声大喊打断了。

“不会吧！”她大声咒骂，把电视摇控器使劲儿甩到沙发上，然后又指着电视屏幕，“呃！”

“是我想多了，还是她更变本加厉了？”我跟玛莉耳语，一起看着塞莱斯特不断拍打摇控器，最终放弃，手动换台。我想，如果我也作为一个第二等级成长起来，这种事的确能让我很生气吧。

“我想，是压力所致吧。”玛莉评论道，“你有没有留意到纳塔莉也变得……怎么说呢……更疏远了？”

我点点头，然后我们同时去看在打牌的那三个女孩。克瑞斯在洗牌，脸上挂着笑容。纳塔莉却在研究自己的发梢，偶尔抽出一根不喜欢的头发，完全心不在焉。

“我想，我们所有人都慢慢感觉到了。”我承认，“现在我们只剩下六个人，实在很难平静地享受皇宫的一切了。”

塞莱斯特接着发牢骚，我们偷看她一眼，她留意到我们在看她时，马上又转开了。

“失陪一下。”玛莉有点儿坐立不安，“我想我要去一下洗手间。”

“我也正想去呢，你想一起去吗？”我提议。

她笑着摇摇头：“你去吧，我先喝完这杯茶。”

“好吧，我一会儿就回来。”

我从女士空间出来，不慌不忙地在华丽的走廊里往前走，我估计自己永远都不可能习惯这儿华丽的陈设。我心神恍惚，以至于在转角一下子撞进一个警卫怀里。

“噢！”我喊。

“抱歉，小姐。希望我没有吓到你。”他扶着我的手臂，帮我站稳。

“没事儿。”我笑着说，“没关系，是我应该看路才是，谢谢你扶了我一把，警员……”

“伍德沃克。”他说出自己的名字，同时微微鞠躬。

“我是亚美利加。”

“我知道。”

我笑着翻了下白眼，他自然知道我是谁。

“嗯，希望下次**撞到**你时，不是这个字面意思。”我开玩笑。

他也笑了笑：“同意。祝您有个好心情，小姐。”

“你也是。”

回去的时候，我跟玛莉说我撞上警员伍德沃克的尴尬一幕，让她走路也小心点。她取笑我，摇了摇头。

整个下午我们都在一起，坐在窗边，晒着温暖的阳光，聊着家乡和其他女孩的各种事。

这种时候，想到未来就让人不禁伤感起来。选妃活动最终还是会结束，虽然我知道和玛莉之间不会疏远，可我会想念每天和她说话的日子。她是我第一个真正的朋友，我多想把她永远地留在身边。

我希望时光停留在这一刻，而玛莉神不守舍地看着窗外，我好奇她究竟在想什么。可是，那个时刻实在太平静了，我没有问。

THE ELITE

第三章

我的房间门和通往阳台的几扇门都敞开着，室内都是花园里吹进来的甜腻的热风。我本希望这股热风能安慰我被工作压垮的心灵，事与愿违，它反倒让我更无法集中精神坐在桌前。

叹了口气，我在椅子上往后靠，脑袋朝身后仰，呼唤："安妮"。

"嗯，小姐？"坐在角落缝纫的侍女头儿答应着，而我根本不需要看，也知道，另外两个，玛丽和露西也都抬起头来，满脸期待地等着能伺候我的机会。

"我命令你搞明白这份报告写的是什么。"我指着面前那份军队情况详细报告，懒洋洋地说。这是一个要考验精英等级成员的任务，但我无法集中精神看。

我的三个侍女都笑出声来，应该是因为这个命令太荒唐或是我怎么可能说出这种要求。领导能力可真不是我的强项哪。

"抱歉小姐，这个请求好像超过我的职权范围了。"安妮说。虽然我的要求和她的回答都是开玩笑，但我听得出来她因为帮不了我而深感抱歉。

“那好吧。”我烦躁地呻吟，勉强自己坐直，“我真的要亲自做这件事了，你们几个没用的玩意儿！明天我就把你们换掉，这次我是说真的。”

她们又都咯咯笑了起来，然后我只能再次逼自己看报告中的数字，越来越觉得这是个糟糕透顶的报告，可我现在又没理没据，只能再次看内文和图表，皱着眉头、咬着笔头，集中精神想要搞明白。

我听到露西悄悄地笑出声来，所以抬头看她究竟在笑什么，顺着她的视线望向门外，靠在门框上的是麦克森。

“你害我暴露了！”他抱怨露西，可她根本停不下来。

我赶快站起身，跑到他的怀里：“你看透了我的心！”

“我有吗？”

“请告诉我，我们现在可以出去，就算一小会儿也好？”

他微笑：“我现在有二十分钟时间，然后才要回去。”

我拉着他到走廊，身后侍女们兴奋的谈笑声渐渐离我们远去。

花园的确成了**我们的**据点，几乎每次独处，都是在这儿。这和我以前跟艾斯本相处的方式完全相反，那时只能在我后花园的小树屋里躲着，只有在那个小地方我们才是安全的。

突然我想到，艾斯本会不会就在附近？他身在皇宫众多警卫中，很难一眼分辨出来，也许他正看着麦克森握着我的手呢。

“这些是什么？”麦克森边走边轻抚着我的指尖问道。

“茧。一天练四个小时小提琴的成果。”

“我第一次留意到它们。”

“让你不舒服了吗？”我是剩下六个女孩之中等级最低的一个，她们肯定没有这么粗糙的手。

麦克森停下来，握住我的手，让我的手指贴上他的嘴唇，轻轻地吻着我粗糙的指尖。

“相反，我觉得它们很漂亮。”我感到自己脸上一红，“我看尽世间风景，尽管是通过防弹玻璃又或者是从古堡的城楼上看的，但我毕竟真的见过很多。而且，对于知识，只要我有要求，也可以随时随地获得答案。可是这只小手呢？”他深深地看进我的双眼，“这双手创造出来的音乐比我听过的任何声音都要美妙。有时候，你的小提琴让我以为自己只是在做梦，美好得不真实，而这些茧恰好是真实的证据。”

有些时候，他跟我说的话真是让人头脑发热，浪漫得难以置信。虽然我心里很珍视这些话，却不敢完全地相信。我怎么知道他跟别的女孩子没说过同样贴心的情话呢？我要改变话题了。

“你真的可以解答任何问题吗？”

“当然了，可以问我任何问题，就算我没有答案的话，也知道哪儿能找到答案。”

“任何问题？”

“任何问题。”

临时要想一个问题出来已经够难的了，要想一个对他来说有挑战性的，更难，可这恰恰才是我想要的。我花了片刻回想长大的过程中，有什么事情我最感兴趣：比如，飞机是怎么飞起来的，美国以前是怎么样的，还有，上等阶级那些小小的播放器是什么工作原理之类。

我突然想到了。

“什么是万圣节？”我问。

“万圣节？”他很显然并没有听说过，对此我毫不惊讶。我只在父母房间那本老历史书中看过这个词，而且，那本书有不少部分已经撕烂了，缺了很多页。不过，我还是被这个从没有听过的节日迷住了。

“是不是不知道了呢，我亲爱的王子殿下？”我调侃道。

他冲我做了个鬼脸。当然了，他也只不过是假装被这个问题难倒罢了。他看了看手表，深吸了一口气。

“跟我来，我们得快点了。”他边说边拉上我的手，开始跑起来。

穿着细跟的我脚步不太稳，不过我还是跟上了，他一脸兴奋的笑容拉着我跑。我喜欢麦克森这么放松的一面，平常大部分时候他都太严肃了。

“你们好。”我们跑过在门口站岗的警卫时，他还不忘打招呼。

长廊跑了一半，我穿着细跟鞋实在撑不住了。“麦克森，停！”我喘着气，“我跟不上了！”

“快点嘛，快点，你会爱上这个地方的。”他边催我，边拖着我要慢下来的手臂。最终他还是减慢速度来迁就我，可是明显很想再跑起来。

我们往北面的走廊走去，已经接近《报道》的直播室，但还没到那个房间。我们走上一个楼梯，一直往上走，我的好奇心也越来越强了。

“我们究竟要去哪儿？”

他转身面向我，变得很认真：“你要发誓，永远不能提起这个房间，因为这个地方只有几位家人，还有极少几名警卫知道它的存在。”

我实在太好奇了：“这个当然。”

我们走到楼梯的顶端，麦克森为我打开门，再次拉着我的手，走进上面的走廊，一直走到一面挂有巨幅油画的墙前面。麦克森回头看身后是否确实没人，然后把手伸进油画的背后。只听见咔嗒一声，油画冲我们打开了。

我倒吸了一口气，麦克森却咧着嘴笑得很开心。

油画后面是一扇门，这扇门却没有开到地面上，门上还有密码锁，就像电话上的键盘一样。麦克森按下几个数字，然后响起轻轻的开锁声，他按下门把，转头看着我。

“让我扶你一把，小心绊倒。”他伸出手来，示意我先进去。

我震惊了。

在这个没有窗户的房间里，摆满了古老的书，有两个书架上全是有着奇怪的红线条的书，而另一面墙上挂着一本巨大的地图集，打开的那页上印着我不认识的国家版图。房间中央是一张桌子，上面放着几本书，看起来像最近才放在那儿，而且是特意留在那儿供随时翻阅的。最后，我看到另一面墙上嵌入了一部宽屏显示器，应该是电视。

“那些红条是什么意思？”我满心好奇地问。

“那些是禁书。据我所知，这些是整个伊利亚国留存下来的孤本。”

我转向他，用眼神问这个我不敢用嘴说出来的问题。

“没问题，你可以看。”他说得好像我问得很多余，但表情却是希望我问。

我小心地拿起了一本书，害怕自己会不小心毁掉这仅存的宝贝。我翻了几页，马上又把书放下，因为太过震惊。

我转身看到麦克森在一个平面的输入器上打字，它连着那台显示器。

“这是什么呢？”我问。

“一部电脑，你没有见过吗？”我摇了摇头，而麦克森并没有很惊讶，“现在没多少人还拥有电脑了。这一部是专门为这个房间里的知识准备的，如果有关你所说万圣节的任何信息存在的话，它就会告诉我们在哪儿。”

我不是很明白他在说什么，但也没有让他解释。几秒钟之后，他的搜索结果显示有三个项目。

“噢，太棒了！”他欢呼起来，“你在这儿等等。”

我站在桌边看着麦克森寻找那三本能告诉我们万圣节是什么的书，只希望这别是什么愚蠢的节日，因为我不想让他费这么大的功夫却空欢喜一场。

第一本书描述万圣节是一个凯尔特人的节日，是为了提示夏天已经过去的季节点。因为我们在赶时间，所以我没有提出我不知道凯尔特。上面说，他们相信在万圣节这一天，灵魂可以进出这个世界，人们穿上特别的服装来吓跑恶灵。然后，这一天渐渐变成一个世俗的节日，而且主要是为孩子们而设置的。孩子们穿上各种各样的服装，出门给人唱歌，大人们会给他们糖果，形成了“不给糖就捣蛋”的说法。

第二本书的描述也相差无几，不同之处是提到了南瓜和基督教。

“这一本更有趣了。”麦克森惊呼，正在翻阅一本比其他书薄很多的册子，这本是手写的。

“什么东西？”我转过来找一个更好的位置看他手中的册子。

“亚美利加女士，这是格雷戈里·伊利亚的私人日记之一。”

“什么？”我惊呼，“我能摸摸吗？”

“先找找我们要看的那一页，你看，这儿还有张照片！”

就像灵异现象一样，在这张从未知的过去穿越来的照片上，格雷戈里·伊利亚一脸严肃，他的西装和站姿让我不由自主地想到国王和麦克森，神奇地相似。站在伊利亚身边的女人对着镜头露出勉强的笑，她脸上的某种气质让我觉得她以前肯定很好看，只是双眼已经完全没有了光泽，只剩一脸倦容。

他们两人身边有三个孩子，第一个是个穿着百褶裙、戴着皇冠的年轻女孩，漂亮又充满生气，咧着嘴笑得很开心。她的穿着就像一位公主一样，多么有意思！然后旁边是两个男孩，其中一个比另外一个稍微高一点，他们穿的服装我认不出来，但他们的表情好像要马上捣蛋似的。照片的下方写着几行字，那是格雷戈里·伊利亚亲手写的字。

今年小朋友们举办了一个派对庆祝万圣节，我想这是忘记身边正在发生的事情的一种方法吧，尽管我个人觉得太孩子气了。我们是为数不多还有钱搞庆祝的家庭，但这种孩子的玩意儿实在是有点浪费。

“你看，这会不会是我们不再庆祝这个节日的原因？因为浪费？”我问。

“有可能。如果这个日期是有意义的话，这个时候是C国美国州刚开始反抗的时候，第四次世界大战的前夕。那个时候，大部分人都变成穷光蛋了，试着想想，全国的人都是第七等级，只有几个是第二等级。”

“噢……”我尽力去想象他口中所说的情况，我国被战争摧残，挣扎着想要把碎片黏合起来，太不可思议了。

“这种日记有多少本呢？”我问。

麦克森指向一排放着相似的日记本的架子：“有一打左右吧。”

真是难以相信，这些历史就存放在这样一间房里。

“谢谢您。”我说，“这是我完全没想过会看见的东西，甚至没法儿相信这些存在。”

他的表情放光。“你想看完这些日记吗？”他指着手上的日记本。

“噢，当然想！”我完全是喊出来的，然后才想起我的任务，“但我不能多待了，还有那个可怕的报告等着我去学习，而且，你也要回去工作了。”

“的确。那要不这样吧，你可以拿走这本日记看几天。”

“可以这么做吗？”我充满敬畏地反问。

“当然。”他微笑着回答。

我略为迟疑地看着手中的日记。万一搞丢了？万一弄坏了？他当然也在思考一样的问题。但要是错失了这次机会，我以后就再也没有了，为了这次的借阅，我一定会小心保管的。

“好的，那我就拿走一两天，然后会马上还给你。”

“可得藏好了哦。”

我当然得藏好了，这不只是一本绝版书，这是麦克森的信任。我把它藏在钢琴上一堆乐谱的下面，这是我的侍女们绝对不会打扫的地方，只有我一个人会翻。

THE ELITE

第四章

“我真的没救了！”玛莉抱怨。

“不，不，你学得很好啊。”我只好撒谎。

过去一周，我几乎天天给玛莉上钢琴课，可是，她弹出来的音乐的确越来越难听了。看在老天爷的份上，我们毕竟还在学乐谱的阶段呢。她又按下一个刺耳的音符，我忍不住皱起眉头。

“噢，你看你的表情！”她惊呼，“我实在是太烂了，简直就像在用胳膊肘弹琴。”

“我们可以试试用胳膊肘，或许会准一点儿。”

她叹气：“我放弃好了，对不起，亚美利加。你一直这么耐心教我，但我弹出来的声音真是连自己都听不下去了，简直就像钢琴在生病。”

“应该已经病入膏肓了。”

这句话让玛莉笑得直不起腰来，而我也不例外。当她请我教她钢琴时，我真的没想到，会使自己的一双耳朵陷进这么痛苦（当然也是很搞笑的）的折磨之中。

“或许你比较适合拉小提琴？小提琴能拉出很美的音乐。”我提议道。

“我不这么想，以我的运气，应该能把琴直接毁掉。”玛莉起身走到我旁边的小桌前，上面等着我们看的资料都被推到一边，空出来的地方放着为我们准备的茶和曲奇饼干。

“哦，这样也没问题，反正这把小提琴是属于皇宫的，你要是想的话，拿它去砸塞莱斯特也行。”

“你可别激我。”她边倒茶边说，“想到以后我们不能天天见面，真不知道自己会怎样。我会一直非常想你的，亚美利加。”

“嗯，麦克森是很有决断力的，所以你现在还不用担心这件事。”

“我不知道。”她变得严肃起来，“他虽然没有直接说出口，但我明白，我还能留在这儿，是因为大众喜欢我。现在，大部分的女孩都被送走了，大众的意见随时随地会变，他们会有一个新宠，然后，他就会让我走。”

我小心选择要说的话，希望她能解释为什么要疏远王子，还要竭力避免她再次逃避：“你觉得这样可以吗？我是说，得不到麦克森，可以吗？”

她轻轻地耸了耸肩：“他不是我的真命天子。我觉得退出竞争真的没关系，但我真的不想离开这儿。”她接着解释，“当然了，我不想跟一个爱着别人的男人在一起。”

我马上坐直了：“他爱谁……”

玛莉的眼神里全是胜利的神采，藏在那杯茶背后的是笑容：还捉不到你！

她成功了。

那个瞬间，我发现麦克森有可能爱上别人这件事，竟然让我完全无法控制地妒忌。然后下一个瞬间，当我意会她所说的人是我，马上就感到特别安心。

纵然我建起那么多层防线，常常拿麦克森开玩笑，更是对其他女孩的优点赞不绝口，可是，就在那么一句话里，她看破所有的假象。

“你为什么还不结束这一切呢，亚美利加？”她温柔地问我，“你知道，他是爱你的。”

“他从没说过爱我。”我发誓这是真的。

“他当然不会说。”她说得理所当然似的，“他费了那么大的劲来追你，每次他好不容易走近，你却把他推开。这是为什么啊？”

我能告诉她吗？我可以坦白我对麦克森的感觉已经变深的同时（明显比我自觉的更深），心里还有一个放不下的人？

“我只是……还不确定。”我相信玛莉，真的相信她，但在她不知道真相的情况下，我们才是真正安全的。

她点点头。她的反应告诉我，她其实明白这个理由背后还有更深层的原因，但她没有追问下去。这种不强迫对方说出秘密的信任，让人觉得很舒服。

“找个办法确定吧，尽快。麦克森对我来说并不是真命天子，但不代表他不是一个非常棒的男人。我不想看到你因为害怕而失去他。”

她又一次说中了。我的确害怕，害怕麦克森的感情并不像表现出来的那么真切，害怕成为王妃对我来说意味的一切，也害怕失去艾斯本。

“说点轻松的吧。”她放下手中的茶杯，“昨天聊婚礼的那些话，让我想到一件事。”

“是什么？”

“你愿不愿意……做我的伴娘？就是如果有一天我结婚的话？”

“噢，玛莉，我当然愿意！那你愿意做我的伴娘吗？”我伸出双手来要抓住她的手，她高兴地接住了。

“但你有姐妹啊，她们不介意吗？”

“她们会理解的。可以吗？”

“当然可以！我又怎么可能错过你的婚礼呢。”她的语气基本是在说，我的婚礼肯定是件世纪大事。

“答应我，就算我嫁给一个什么都没有的第八等级，婚礼只是在某条小巷的角落，你也会来，好吗？”

她脸上是难以置信的表情，好像非常肯定这种事不会发生：“就算真的变成那样，我也答应你。”

她却没有要求我给她一个类似的诺言，这让我不得不去想，她是不是爱着家乡的某个第四等级的人。我不想追问，虽然我们明显各有秘密，但玛莉还是我最好的朋友，而我愿意为她做任何事。

那一晚，我本希望能有时间和麦克森独处一下，因为玛莉的话让我不得不审视自己的行动、想法和感受。

吃过晚饭，我们起身走出餐厅，我和麦克森的视线对上那一刻，我拉了拉耳朵，但今晚他的表情是失望的，他用嘴型说了“工作”两个字。我假装生气，回他一个噘嘴的表情，轻轻地挥了挥手，就回去休息了。

这样反而更好，我需要好好思考一下麦克森对我来说意味着什么。

当我走到自己房间门前的转角，看到艾斯本又在那儿站岗。他上下打量我穿着的绿身紧身礼服，这件礼服奇妙地把我平平无奇的身材衬托得不错。我一言不发地从他面前走过，在我拧开房门时，他轻轻地触碰了下我手臂上的皮肤。

那是一次缓慢又短暂的触碰，在那几秒里，我又感受到艾斯本能引发的那种渴求和牵挂。只要看一眼他那双绿眼睛，那么深沉的渴望，我的膝盖就开始颤抖了。

被这一下的触碰折磨得不轻的我，只能尽快躲进自己的房间。感谢老天爷，根本没有给我时间去思考艾斯本所带来的感受，因为在我关上房门的一刻，我的侍女们就过来包围住我，帮我收拾就寝。在她们的欢声笑语之中，我努力让自己暂时把一切都忘掉。

但这是不可能的。我必须要选择了。艾斯本，还是麦克森？

但我又怎能在两个很好的选择中选出一个呢？无论选哪个，我心里总会有一部分伤心欲绝。我只能安慰自己，还有时间。我还有时间。

THE ELITE

第五章

“那么，塞莱斯特女士，你是说这个数量并不充足，而且你认为下一次征兵应该增加征召人数吗？”作为《伊利亚首都报道》的主持人，唯一访问过皇室的加夫里尔·法德发问。

我们在《报道》上的辩论就是一场测试，我们心知肚明。虽然麦克森没有一个时间表，可公众希望尽快筛选出候选人，而且我感觉国王、王后和他们的顾问们也都希望尽快。我们要是想留下的话，无论任何时候任何场所，都必须表现得好。我只是庆幸自己熬过了刚才关于士兵的报告，记得其中有些数据，今晚肯定能够好好表现一番。

“是这样的，加夫里尔。在新亚洲的战争已经持续了太久，我想，增加征兵的人数，只要一两轮我们就能有足够的人力去结束这场战事。”

我真的受不了塞莱斯特了，她已经害得一个女孩被赶走，上个月又毁了克瑞斯的生日派对，还试过从我身上直接撕礼服那些伎俩。

她这个第二等级的出身，让她总觉得自己高人一等。说真的，我原来对伊利亚有多少士兵完全不知情，但现在我知道了，所以，塞莱斯特的想法，我一定要毫不犹豫地反对。

“我不同意。”我尽量保持淑女的语气。塞莱斯特转头看我，一头黑发随着侧身的动作甩了过去，她背对着摄像机的时候，可是毫不掩饰地瞪着我看。

“噢，亚美利加女士，你认为增加征兵数量这个主意不好？”加夫里尔问我。

我感到脸上一阵发热：“第二等级能够用钱来逃脱征兵，所以我相信，塞莱斯特女士肯定没有见过，失去家里唯一男丁的家庭是什么样。再要征更多人，尤其对等级比较低的家庭来说，结果是毁灭性的，因为他们一般会有更多的孩子，也更需要每一个成员贡献出劳动力来生存。”

坐在我旁边的玛莉给我一记支持的轻拍。

塞莱斯特抢过话头：“那么，我们应该怎么办呢？你肯定不是建议我们干坐在这儿，让这场战争僵持下去吧？”

“不，不，我当然希望伊利亚能够结束这场战争。”我停顿一下，理清自己的思绪，又看一眼麦克森，想得到他的支持。坐在他身边的国王一脸不爽。

我需要换一个角度去说，所以我心里冒出来的第一个想法冲口而出：“如果变成自愿的呢？”

“自愿的？”加夫里尔问。

塞莱斯特和纳塔莉咯咯的笑让我更紧张了。但我又仔细一想，这真是个坏主意吗？

“是的。我相信这肯定需要符合一定的条件才行，但这样做的话，我们得到的将会是一些希望成为士兵的男人，而不是只求生存、心心念念要回到原来生活的男孩。”

录播室里的人们突然都不作声了，显然，我这话有一定的道理。

“这是一个好主意。”伊莉斯插嘴，“那么，我们每隔一两个月就能把新入伍的士兵派出去，这个频率对在役士兵来说应该振奋人心。”

“我同意。”玛莉补充，但这基本上就是她会说的全部了。在辩论的环节中，她明显很不自在。

“嗯，我知道这个想法听起来好像时髦了点，不过，如果征兵的范围包括女人呢？”克瑞斯补充道。

塞莱斯特直接笑出声来：“你觉得谁会报名啊？你会去上战场吗？”她的语气里尽是不屑。

克瑞斯保持着镇定。“不，我不是做士兵的料子，但是，”她转向加夫里尔说，“参加选妃比赛，我学到最重要的一点是，有些女孩有一种可怕的杀手天赋，可别让礼服骗了你哦。”她以一个微笑总结了发言。

回到房间里，我让侍女们留得比平常稍晚一些，帮我把头发里的别针全都拿下来。

“我喜欢你的征兵得自愿的想法。”玛丽说，她细长的手指没有停下工作。

“我也是。”露西插嘴，“记得我的邻居的长子被征走后，他们的生活是那么困难。而且有很多人再也回不来，更是难以言说的痛苦。”我能看到她双眼中闪过很多回忆。我也有一些相似的记忆。

米里亚姆·卡里尔虽然年轻时就丧夫，但她和她儿子艾登两个人也勉强算过得不错。当士兵们拿着一封信和一面国旗出现在她家门口时，他们那些毫无感情的慰问，直接让她崩溃了。她一个人根本不可能熬过去，就算她有这个能力，也没有这个心。

有时候我看到她在为我举办欢送仪式的那个广场上行乞，只是当时我真的没什么可以给她的。

“我明白。”我对露西的回忆感叹道。

“我觉得克瑞斯的主意有点儿过。”安妮评价道，“女人上战场真不是什么好主意。”

她专注地帮我拆发夹，一脸严肃，我只能笑笑：“我爸说了，女人以前都……”

门外一阵急促的敲门声，把我们都吓得跳了起来。

“我有一个想法。”麦克森不等有人应门就开门进来，宣布道。看来每周五晚《报道》结束后变为我们固定的约会时间了。

“殿下，您好。”她们齐声说，玛丽行屈膝礼时还掉了好几个发夹。

“我帮你捡。”麦克森提出要帮助玛丽。

“没事的。”她坚持自己来，脸一直红到脖子，并急忙退出房间。我敢肯定，这个过程比她想象的动静要大得多，她同时用眼神示意露西和安妮，让她们快快跟她出去。

“噢，嗯，小姐晚安。”露西说，轻拉着安妮的手肘让她跟着出去。

她们都出去以后，麦克森和我忍不住大笑出声。然后我转向镜子，接着把头发里的别针拉出来。

“她们真是有意思。”麦克森评价道。

“她们只是真的很崇拜你。”

他谦虚地挥走这句赞美。“抱歉我进来打扰了。”他对着镜子中的我说。

“没关系的。”我回答，拿出最后一根别针。我用手梳理一遍头发，让它散落在双肩上，“我看起来还可以吗？”

麦克森点头，盯着我多看了几秒，然后像突然反应过来似的开口：“就是，这个想法……”

“请说。”

“你记得万圣节那件事吗？”

“记得啊，噢，我还没看那本日记呢，倒是把它藏好了。”我保证着。

“没关系，没人在找它。是这样，我在想，书上说这个节日是在十月，对吧？”

“是的。”我漫不经心地回答。

“已经十月了，我们可以搞个万圣节派对啊？”

我开心地转圈：“真的？噢，麦克森，可以吗？”

“你想不想办呢？”

“特别想啊！”

“我想所有的候选人可以给自己做一身服装，而因为我只有一个人，可以让不值班的警卫都参加，作为后备的舞伴，不然让大家站着轮候真是挺不公平的。这样，未来的一两周内，我们可以上一些舞蹈课。你说过，白天很多时候都没什么事情可以做嘛。还有糖果！我们要做最好的糖果，也可以进口一些。我亲爱的小姐，派对那晚你会被糖果撑得走不动的，我们要把你推着滚回房间。”

我听得入迷了。

“然后呢，我们要公布一下，全国一起庆祝。让小朋友们装扮起来，去每家每户要糖果，就像以前的小朋友那样。你妹妹会喜欢这个主意的，是不是？”

“她当然会了！所有人都会！”

他咬着下唇沉思了一会儿：“你觉得她希望来这儿庆祝吗？”

我惊呆了：“什么？”

“在这个比赛的过程中，我是要见一下精英等级的家长的，既然如此，我可以趁这个节日让兄弟姐妹也来，不用等……”

他的话被我冲进他臂弯的动作打断了，想到可能看见小梅和父母，我实在太兴奋了，完全无法控制自己的情绪。他环抱着我的腰，看着我的双眼，他的眼中也透露着喜悦。这个我以为完全是另一个极端的人，总能找到让我最开心的事情。

“你是说真的吗？他们真的可以来吗？”

“当然了。”他回答，“我一直很期待见到他们，而且这也是比赛的一个过程。无论如何，我觉得让你们见到家人，会给你们不少鼓励。”

当我确认自己不会哭出来的时候，轻轻地说：“谢谢。”

“客气了……我知道你爱他们。”

“我的确爱他们。”

他咯咯地笑：“而且，很明显你为了他们会做任何事情，毕竟，你留在这儿也是为了他们。”

我猛然后退了一下，拉开我们之间的距离来看他的眼睛。他没有责怪我的意思，只是被我突然的举动吓到了。不能让这个误会继续下去，我一定要说清楚。

“麦克森，一开始他们的确是我想留下来的部分原因，但他们不是我现在想留下来的原因了。你明白，对不对？我在这儿是因为……”

“因为？”

我看着麦克森，他的表情写着希望两个字。**说出来吧，亚美利加，告诉他。**

“因为？”他又问了一次，嘴角上还挂着愉悦的微笑，让我的心更柔软了。

我想到和玛莉的对话，还有谈到选妃时我的感受，明明知道他也在约会其他女孩，难以把他当成男朋友来看，但他又的确不只是朋友。那种美好的期待又爬上了心头，我希望我们之间的关系是特别的。麦克森对我来说比我愿意承认的要重要得多。

我给他一个挑逗的微笑，开始往门外走。

“亚美利加·辛格，你给我回来。”他跑到我前面，用一只胳膊把我圈起来，胸口对着胸口，“告诉我。”他轻轻地说。

我紧闭着双唇。

“好吧，那我只能用其他方式来沟通了。”

没有任何征兆，他吻了我。我感到自己往后倾了一点，身体的重量完全放在他的双臂上。我双手搂着他的脖子，把他拉得更近……然后脑海中突然出现了一个想法。

一般来说，只有我们两个人单独相处时，我能够把其他人都屏蔽掉。但今晚我却想到，会有其他人代替我的位置。光是想想别的女孩在麦克森的臂弯里，令他笑，和他结婚……就让我心碎。控制不住，我哭了起来。

“亲爱的，怎么了？”

亲爱的？这个称呼是如此温柔，如此亲密，让我感觉深受爱护。那一刻，任何想要克服自己对麦克森感情的想法都烟消云散了。我想成为他的亲爱的，他的唯一。

这同时意味着要去接受一个我从未想过的未来，而且要跟我从未想过会离开的事情告别。离开他这个想法，现在对我来说已经无法想象了。

我的确不是王妃这个宝座最好的人选，但如果我连坦白自己真实感受的勇气都没有的话，那就连参加这个竞选的资格都不应该有了。

我叹了口气，尽量故作镇定：“我不想离开这儿的一切。”

“如果我没记错，我们第一次见面，你说过，这儿就像一个笼子。”他微笑着说，“但是这会变得难以放弃，对吗？”

我轻轻地摇了摇头。“有时候，你真的是很笨。”我从喉咙里挤出一声虚弱的笑。

麦克森让我后退一点点，是刚好够看清楚他一双眼睛的距离。

“不是这座皇宫，麦克森。我真的不在乎这儿的衣服、我的床或是食物，不管你信不信。”

麦克森笑出声来。这儿任谁都知道我对精美的吃食有多么热衷。

“是**你**。”我说，“我不想离开你。”

“我？”

我点头。

“你想要我？”

我对他莫名其妙的表情感到好笑：“我的确是这么说的。”

他停顿了一下：“怎么……可是……我做了什么？”

“我不知道。”我耸耸肩，“我只是觉得，我们会成为很好的伙伴的。”

他慢慢地笑了出来：“我们会成为非常棒的**我们**的。”

麦克森猛地把我拉进怀里。对他来说，这已经是比较粗犷的方式了，然后，他又亲了我。

“你确定吗？”他把我拉开一肘的距离，极为认真地看着我，“你真的确定吗？”

“如果你确定，我就确定。”

那一秒钟，他的神情变了。但那一瞬间变化得太快，我不禁怀疑那究竟有没有过，是不是真的。

就在下一刻，他把我领到床边。我们一起坐在床沿上，我的头靠在他的肩上，他抓着我的双手。我期望他开口说点什么，毕竟，这不是他一直在等的回答吗？但他什么都没说。他不时发出长长的叹息，在声声叹息里，我能听出他有多开心，这也让我没那么焦虑了。

过了一阵子，可能因为我们两个人都不知道该说什么，麦克森坐直了些："我该走了，如果我们想把所有家庭叫来参加盛典，那么我得早做安排。"

我往后退了点，笑了笑。想到不久后能见到妈妈、爸爸和小梅，我就开心得要笑出来："再次感谢你。"

我们一起站起身来，往门外走去。我紧紧地握着他的手，有种特别不想放他走的感觉。这一刻其实有点脆弱，一旦用力过猛，可能就碎了。

"明天见了哦。"他轻轻地说，就像一个承诺，鼻子几乎贴着我的鼻子。他看我的眼神中充满宠爱，让我觉得所有担心都是可笑的，"你真的太让人吃惊了。"

他离开后，我闭上双眼，回忆我们在一起的短暂时光：他看我的眼神、那挑逗的笑容，还有甜蜜的亲吻。在准备上床睡觉的过程中，我一遍又一遍地回忆刚刚发生的一切，一边又想，也许麦克森和我一样，也在不断地回味。

THE ELITE

第六章

“表情很好哦，小姐，保持，继续看那些草稿。其他人尽量不要看我啊。”摄影师指导着大家。

这是个周六，而平常精英等级所有成员在女士空间活动的义务，今天取消了。早餐的时候，麦克森宣布了万圣节派对的安排，到中午时分，我们的侍女就已经开始设计服装了，几个摄影师也来记录这个筹备过程。

我尽量表现得自然，走过去看安妮的设计。我的侍女们在桌上翻腾一堆布料、一罐罐的亮片和数不过来的羽毛装饰。

我们商量了几种方案，而摄影师们也在不断地按动快门。我正想要拿一片金色布料摆个造型，有访客进来了。

“早安啊，女士们。”麦克森推开大门进来，大声说。

我不由自主地站得更直一点，脸上的笑容简直大到嘴巴要咧到耳根了。摄影师转向麦克森之前捕捉住了这个瞬间。

“殿下，见到您真荣幸。您介意跟这位女士来张合照吗？”

“乐意之极。”

侍女们退下，麦克森则拿起几张设计图，站到我身后，一只手拿着那几张纸，另一只手放在我的腰间。这一触碰传达给我很多信息：你看，不久之后，我就可以在全世界面前和你这样亲密了。你就不需要担心任何情况了。

拍了几张照片后，摄影师按着名单去找下一个女孩了，然后我才发现，我的侍女们自作主张地离开，没了踪影。

“你的侍女们都挺有才华的，”麦克森说，“这些概念都很棒。”

我尽量以以往的态度面对麦克森，可现在很多事情都不一样了，有好也有坏：“我知道，没有比她们更好的助手了。”

“那你决定用哪种设计了吗？”他把我桌上的设计都摊开，问我。

“我们都喜欢这个鸟儿的设计，我想这个概念是为了呼应我的小鸟项链吧。”我摸着脖子上那串很细的银链子说。我的知更鸟项链是爸爸给我的礼物，我宁愿一直戴这个，也不愿意戴皇宫里提供的贵重饰品。

“我真不想提这个，可是，塞莱斯特好像也选了鸟类主题的设计，而且看起来非常坚决的样子。”他说。

“没关系。”我耸耸肩，“我本来就并不太喜欢羽毛。”但我的笑容下一秒就僵住了，“等一下，你刚才跟塞莱斯特在一起？”

他点头：“只是匆匆说了几句，恐怕我在这儿也不能久留。我父亲不是很喜欢这个安排，不过，考虑到选妃还在进行，以及综合的情况，他也明白我们需要一些庆典的气氛。而且他也同意，用这个方式来见各位的父母比较自然。”

“比如什么情况？”

“他希望尽快进一步精简候选人，在见过所有的人父母之后，他们希望我能马上再淘汰一轮。所以他觉得，父母们越快来越好。”

没想到，再踢一个人回家会变成万圣节计划的一部分，我原以为这只是一次大派对。这个消息让我紧张，无论我怎么劝自己没有必要担心，也没用。尽管在昨晚的谈话之后，我知道自己没有必要这样——在与麦克森相处的时光中，没有什么事比昨晚更真实。

他边看桌上的设计，边漫不经心地说：“我想我该去看看别人了。”

“这就要走了？”

“亲爱的，别担心。晚餐上我们会再见的。”

我心里在想，是会见，可你会见到我们所有人。

“一切还好吗？”我问他。

“当然了。”他回答我，匆匆地亲了我的脸颊，“我要走了，很快会再有机会说话。”

就这样，像他突然出现那样，也突然地走了。

今天是周日，万圣节派对是在八天之后，这意味着皇宫里到处都将人声鼎沸。

星期一，精英等级成员要和安伯莉王后一起试餐，以决定万圣节派对的菜单。这个任务算是派给我们的工作中最容易的一项了。同一天下午，塞莱斯特没有出现在女士空间，有几个小时不知去向，当她回来的时候，她向我们宣布：“麦克森让我问候大家。”

星期二的下午，我们迎来了皇室家族的亲戚，他们也是来参加庆典的。那天上午，我们都在窗外看到麦克森在花园里教克瑞斯射箭。

每餐的餐桌上都坐满提早到来的宾客，麦克森却常常缺席，还有玛莉和纳塔莉。

我感到越来越尴尬，觉得自己跟麦克森坦白真心是个错误的决定。他嘴上说什么都没用。如果他的第一反应是跟其他人相处的话，那么只能说，他对我根本不是真心的。

一直到周五晚上，《报道》结束之后，我发现自己还是一个人孤零零地坐在钢琴前，期待着麦克森的到来。

但他没有来。

星期六，我努力不再想他来不来找我的问题。这天早上，精英分子的职责是去女士空间接待来访的女宾，下午则是又一次的舞蹈排练。

我感谢老天爷安排我们这个第五等级家庭选择了音乐和艺术作为工作，因为，我的舞实在跳得太烂了。在场的人，唯一一个比我还差的是纳塔莉，而让人恶心的是，塞莱斯特的舞姿居然是最优雅的。舞蹈老师不止一次请她帮助其他人，而结果是，在塞莱斯故意胡乱指导的情况下，纳塔莉差一点儿就扭伤脚。

塞莱斯特圆滑地取笑纳塔莉长了两条左腿，所以才跳不好，而舞蹈老师们倒是没有反驳她的说法，并且纳塔莉也一笑而过。我实在佩服纳塔莉没有让塞莱斯特打击到自己。

艾斯本倒是参加了每一次的排练，头几次我故意避开他，因为我还没想明白自己是否还想跟他有交集。我听到的传闻是，警卫们在不停地换班，让人摸不清谁会在哪个岗上。他们其中一些非常想参加派对，又有一些因为家中有女朋友而特别不想参加——要是被看见和别的女孩子跳舞那就惹祸上身了，毕竟我们之中有五位姑娘马上会变回可追求的单身女士，并且这么有竞争力。

因为这是最后一次正式排练，所以，当艾斯本走近请我共舞时，我并没有拒绝。

“你还好吗？”他问我，“前几次看见你，你看起来情绪低落。”

“我只是累了。”我撒了谎，怎么可能跟他聊恋爱的烦恼呢。

“真的吗？”他的语气里尽是怀疑，“我还以为，那是因为要有坏消息了呢。”

“你是什么意思？”他是知道我不知晓的事情吗？

他叹了口气：“如果你是准备告诉我，让我别再争取你的话，那我们还是别聊了。”

真相是，过去一周多的时间内，我甚至没有想到过艾斯本。我陷进一种不断纠结于自己说错的话、错误的猜测中，根本没法想别的事。而在这儿，当我在担心麦克森会让我离开的同时，艾斯本也在担心我会对他做同样的事。

“不是那么回事。”我含糊地回答，有点内疚。

他点头，貌似暂时满足于这个回答：“哦噢！”

“噢！”我惊呼，真心不是故意踩到他的。我真的需要更集中精神来跳这支舞。

“亚美，我不得不说，你跳得太烂了。”我敢肯定我的鞋跟肯定让他痛得不轻，可他还是笑嘻嘻的。

“我知道，我知道了。”我屏着气说，“我真的尽力了，我发誓！”

我像一只瞎了眼睛的小鹿，在房间里四处乱蹦，跳跃着，使出浑身解数，努力来弥补优雅的不足。艾斯本非常耐心，也尽力让我看起来不那么可怕，他特意慢了半拍来就和我的节奏。这一点真是太像他了，总是要做我的英雄。

那节舞蹈课结束时，我至少记住了所有的舞步。我不能打保票，说自己一定不会一腿踢飞某个外交大使，但我会尽力不这么做。在想到这个画面的同时，我突然明白为什么麦克森对选择我会有些犹豫。别说带我去别的国家拜访别人了，就算是在这儿招待外宾，我也会丢人现眼。我真的没有王妃气质。

我叹口气，想去拿杯水喝。艾斯本跟着我，而其他女孩都出去了。

“所以，”他开口。我扫视房间的四个角落，确保没有人在，“我只能认为你并不是在担心我，你是在担心他。”

我的脸飞红，只能垂下眼。他实在太懂我了。

“我不是要为他说话，不过，如果他看不到你有多棒的话，他就是个大笨蛋。”

我笑了，还是看着地板。

“如果你最后不是王妃，又怎样呢？那不代表你不够好，而你知道……你知道……”他没办法说出口，而我冒险抬起头来看他。

在艾斯本的眼里，我看到有一千种不同的方式来结束这个句子，而且每一个都是把我和他联系起来。他还是在等我，他比任何人都懂我，而且，我们才般配。在皇宫几个月的生活抹不掉两年的时间，无论怎样，艾斯本总是会在这儿守候着我。

“我明白，艾斯本，我明白。”

THE ELITE

第七章

我和其他女孩子在巨大的迎宾前厅里排成一排，不停地踮着脚看。

“亚美利加女士。”西尔维亚轻声喊道。这就足以让我明白，我现在的行为是不恰当的。作为选妃活动的主要导师，她对我们的表现真的很上心。

我尽量保持平静。我很羡慕在边上走来走去的西尔维亚、工作人员和几名警卫，单纯因为他们可以行走。如果我可以走动的话，我一定会镇定得多。

如果麦克森在这儿，我也许就不会这么煎熬了，不过话又说回来，也可能会更加焦虑。我还是没法儿想明白，在经过那么多事情后，为什么最近他却没有挤出任何时间来见我。

“他们来了！”透过皇宫的大门我听见有人通报。我肯定不是唯一一个发出欢呼声的人。

“好了，女士们！”西尔维亚大喊，“注意礼仪！请管家们和侍女们靠墙站。”

我们很想努力像西尔维亚希望的那样，保持可爱和优雅，可是，在克瑞斯和玛莉的父母进门的那一瞬间，所有的努力都白费了。我知道她们都是家里唯一的孩子，显然，他们的父母真的太想念女儿了，顾不得礼仪。他们是尖叫着跑进来的，玛莉想都没想就冲出去迎接了。

塞莱斯特的父母倒是很镇定，不过也明显很高兴见到女儿。她也擅自脱队了，方式倒是比玛莉要文明得多。后面我根本来不及留意纳塔莉和伊莉斯的父母，因为有一个顶着一头红发的小个子由门外往里四处看，像在找什么。

“小梅！”

她听见我的呼喊，看到我挥动的双臂就冲过来了，妈妈和爸爸也跟着她过来。我跪在地板上拥抱她。

“亚美！我简直无法相信！”她在小声嘟囔，声音里尽是崇拜和嫉妒，“你实在太、太漂亮了！”

我说不出话来，满脸泪水，甚至都看不清她了。

片刻之后，我感到父亲壮实的双臂把我们两个都包围住了。然后是妈妈，反常地加入到这个大拥抱里，我们在皇宫的地板上抱成了一团。

我听见西尔维亚叹气，可是那一刻，我毫不在乎。

之后我稍微缓过气来，终于能说话了：“你们都来我太高兴了。”

“我们也是啊，小喵。”爸爸说，“我们想念你的程度，真是说不出来啊。”我感到他在吻我的后脑勺。

我转过身来，想要好好拥抱他。到了这一刻，我才明白自己多么需要见到他们。

最后我伸手去抱妈妈，十分惊讶于她会如此安静。难以相信，她竟然还没有开口让我详细报告我和麦克森之间的进展。但我松开她时，却留意到她眼角有泪。

“你太漂亮了，宝贝儿，你看起来就是个王妃。”

我笑了，她居然没用怀疑和指导来做开场白，真是难得。这一刻，她只是单纯地开心，而这一点对我来说比什么都重要，因为，我也一样。

我留意到小梅的注意力落到我的身后。

“是他。”她吸了一口气。

“嗯？”我低头问她，一转身，就看见麦克森在巨大的楼梯间上正望着我们。他往搂做一团的我们走过来，脸上挂着饶有兴致的笑容。我父亲马上站起身。

“殿下，您好。”他招呼，语气中充满了恭敬。

麦克森走到他面前，伸出了手。“辛格先生，很荣幸。我听过很多您的事，还有您的，辛格太太。”他转向我的母亲，她也站起身来并且整理了一下头发。

“殿下好。”她的声音不由自主地变细，有点儿被他迷住了，“抱歉我们失礼了。”她指着正在站起来的小梅和我，我们俩还是没松开对方。

麦克森咯咯地笑。“没关系，跟亚美利加女士有关的人们，肯定和她一样热情。”我相信，过后妈妈一定会追我这是怎么回事，“你一定是小梅吧。”

小梅伸出手的同时，脸都红了，她以为是要握手，却得到一个吻手礼。“我还没有机会谢谢你没哭呢。”

“什么？”莫名其妙的一句话让她脸更红了。

“没有人告诉你吗？”麦克森开心地说，“你让我赢到了和你可爱的姐姐首次约会的机会，我可是永远都得感谢你了。”

小梅笑着回答：“那么，我想我应该说，不客气！”

麦克森把双手放回背后，他的教养还是让他回过神来了：“恐怕我要去见见其他人了，但是，请在这儿多留片刻，我马上要跟大家宣布一些事。我希望很快再有机会跟你们说话，非常感谢你们的到来。”

“他真人更好看啊！”小梅和我耳语，声音却不小。从麦克森摇头的背影里，我敢肯定他听见了。

他走到伊莉斯的家人面前，他们这一家是在场最稳重的一家子了。她的哥哥跟旁边站着的警卫一样僵硬，而她的父母冲着朝他们走过去的麦克森鞠躬。不知是伊莉斯让他们这么做的，还是这就是他们的习惯。他们看起来都太精致了，身材瘦小精干，还有得体的装束和乌亮的黑发。

在他们旁边，纳塔莉和她漂亮的妹妹一起跟克瑞斯咬耳朵，她们的父母在握手。整个空间都充满了温暖的气氛。

“他是什么意思？他期待我们一样的热情？”妈妈悄悄地问我，“你是不是刚见着人家就冲人家吼了？你不会又那么干了吧？”

我叹气：“妈妈，实际上，我们还经常争吵。”

“什么？”她倒吸一口气，“嗯，你可不能！”

“噢，我还踢过他裆部一脚呢。”

在爆笑出声之前，小梅有那么一秒钟的沉默。她捂着嘴想忍住，却适得其反，挤出很奇怪的声音。爸爸的嘴是抿着的，但我看得出来，他也快忍不住了。

妈妈的脸铁青。

“亚美利加，请告诉我你是在开玩笑，跟我说，你并没有对王子动过粗。”

不知道为什么，动粗这个词让我们所有人都忍不住了，小梅、爸爸和我都笑得直不起腰来，而妈妈只能瞪着我们看。

“对不起，妈妈。”我只能挤出一句道歉。

“噢，我的老天爷啊。”看见玛莉的父母，她突然表现得特别兴奋，而我并没有阻止她过去。

“所以，他喜欢一个敢反抗自己的女孩。”我们都平静下来后，爸爸说道，“我更喜欢他了。”

爸爸的目光扫视着整个房间，欣赏着皇宫，而我站在他身旁，回味着他的话。过去两年里，我和艾斯本秘密地谈恋爱，有多少次他和我父亲共处一室？至少有十来次吧，或许更多，而我从来都没有担心过爸爸不接纳艾斯本。尽管我知道让他同意我嫁给更低一个的等级，是有一定难度的，但我一直以为，无论如何，最后他还是会同意。

不知为什么，现在的情况反而让我倍感压力，就算麦克森是第一等级，要供养我全家人完全没有问题，我却突然反应过来，爸爸还是有可能会不喜欢他。

爸爸不是会出去烧房子搞破坏的反叛分子，但我清楚他对很多政治问题都很有意见，万一他将对政府的反感迁怒于麦克森呢？万一他说我不能跟他在一起？

在我顺着这个思路胡思乱想下去之前，麦克森走上几级台阶，好让自己清楚地看到所有人。

“我想再次谢谢大家的光临，我们都很高兴，不单是因为你们加入此次很久没有人提起的万圣节庆典，更是因为我们能借此机会认识你们。很抱歉，我的父母无法抽身来迎接你们，但很快你们便会见到他们。”

“邀请母亲们、姐妹们和精英等级成员去女士空间与我母亲共用下午茶，你们的女儿会负责带你们过去。而男士们会和我跟我父亲一起享用雪茄，会有管家来给你们带路，所以不用担心迷路。”

“你们的侍女会带你们去安排好的房间，她们会帮你们安排好不同场合需要的着装，也会为你们安排好明天晚上庆典所需的服装。”

他匆匆地向我们挥了挥手就走了，差不多同时，就有一名侍女站在了我们身旁。

“辛格先生和辛格太太？我是来带你们去为你们安排的房间的。”

“但我想跟亚美利加在一起！”小梅抗议。

“小甜心，我相信国王为我们安排的房间，和亚美利加的房间一样好，你不想去看看吗？”我母亲劝她。

小梅转向我说：“就这么短的时间，我想和你过一样的生活。我真的不能和你待在一起吗？”

我叹气。那样的话，我这几天就要放弃隐私了，不过又能怎样呢？

我又怎么可能对这个面孔说不呢？

“好吧，或许加上你，我的侍女们才真正有点事干。”

她紧紧地抱住了我，就冲这一抱，我感到什么让步都是值得的。

“你还学了些什么呢？”爸爸问我。我抱着他一边的胳膊，努力去习惯穿着西装的他。要不是因为天天看到的是身穿脏兮兮白大褂的他，我发誓，现在的他看起来跟第一等级没什么两样。穿着正装的他看起来是何等的年轻、英俊，而且好像更挺拔了。

“我应该告诉过你我们学的所有的历史知识了。沃利斯总统是美利坚合众国的最后一任总统，并且，他也领导了C国美国州。不过，我之前没听说过这个人啊，你呢？”

爸爸点头：“你祖父跟我提过他，我听说他是个不错的人，可他能做的事情实在太少了，事情越来越恶化。”

自从来了皇宫，我才开始了解一些真实的伊利亚历史。不清楚为什么我们建国的历史只能用口述的方式流传下来。之前我听过几种版本，但没有一种比过去几个月在这儿了解的全面。

美利坚合众国在支付不起对C国的巨额债务之时，第三次世界大战爆发，美国同时遭到侵略。因为当时美国没钱可还，C国就在这儿建起了政权机构，把美国人变成他们的劳动力，建立了C国美国州。最后，美国反叛分子不单需要反抗C国，还得反抗俄罗斯，因为俄罗斯可是铆足劲跟C国争抢这儿的劳动力。他们联合了加拿大、墨西哥和其他几个拉美国家，一起成立一个新国。那时，就进入了第四次世界大战，而我们不单幸存下来，还因此变成了一个全新的国家。可是，当时的经济几近崩溃。

“麦克森告诉我，在第四次世界大战爆发之时，人们穷得什么都没有。”

“他是对的，这也是为什么等级制度这么不公平，一开始大家本来就没什么可贡献出来的，所以才会有这么多人被分到了很低的阶层。”

我真的不想和爸爸讨论这个问题，因为我知道他一定会很激动，纵然他说得没有错，等级制度不公平，但这次的来访应该要开心才对，我不想浪费时间来谈论这些无力改变的事。

“除了一些历史课，大部分都是礼仪课程，现在开始上外交知识课，我想，看他们的紧张程度，我们可能很快就要接触外交事务了，反正要留下来的女孩是一定要学的。”

“留下来的？”

“情况是，庆典后会有一个女孩得跟着家人回去。麦克森在见过所有家人后，得再淘汰一个人。”

“听起来你不太高兴，你是觉得他会让你回家吗？”

我耸耸肩。

“怎么会呢，都到这个份儿上了，你总知道他喜不喜欢你吧。如果他是喜欢你的，你就没什么可担心的。如果他不喜欢你，你又为什么想要留下呢？”

“我想，你是对的。”

他停下脚步：“所以，是哪一种情况呢？”

跟爸爸讨论这种问题可真尴尬，但我也不可能和妈妈讨论，而小梅呢，就更不可能比我分析得准了。

“我觉得他喜欢我，他也是这么说的。”

爸爸笑了：“那么，我觉得，你没问题。”

“但有一点……他过去一周有点疏远。”

“亚美利加小甜心，他是王子耶，他很可能忙着立法或诸如此类的国家大事呢。”

我不知如何跟他解释，麦克森貌似为其他女孩挤出了相处的时间，这实在太丢脸了：“可能是吧。”

“说起立法，你们都学到了什么？是学习如何立法提案吗？”

我对这个话题也不是特别感兴趣，但总算跟男孩子没有关系了：“还没呢，但我们已经在读相关的文献，其中有一些还不太好理解。可是楼下的那个女人，西尔维亚，她是类似导师的人物，会给我们讲解很多事情。如果我问麦克森的话，他也会帮忙解答的。”

“他是这样吗？”爸爸对这一点很满意的样子。

“噢，是的。我觉得对他来说，让候选者感觉有希望和他成为伴侣，很重要，知道吗？所以他很乐意解释，他甚至……”我想了一下，知道自己不应该提到那个书房的事，但这是我爸爸啊，“这样，你得答应我，不能跟任何人提。”

他笑了笑：“我唯一会说话的人就是你妈，而我们都清楚，她可守不住秘密，所以我答应你，我不会告诉她的。”

我笑了出来，要妈妈忍住不说，简直就是不可能的。

“你可以相信我，小喵。”他从侧面抱了抱我。

“这儿有一间房，是不公开的，里面有很多很多书！”我轻声地透露这个秘密，环视四周确保没有人在附近，“里面都是禁书，还有很多世界地图和老地图，就是以前各个国家的版图。爸爸，我真不知道过去有那么多国家！而且里面还有一台电脑，你见过真的吗？”

他惊讶得说不出话来，摇了摇头。

“真是不可思议，只要输入要找的信息，它就能帮你在一屋子的书里找到相对应的一本。”

“怎样找？”

“我不知道啊，但这就是麦克森查到万圣节来源的方法，他甚至……”我再次巡视整个走廊的情况，心里盘算，爸爸的确不可能说出藏书屋的事，但如果我告诉他我房间里藏着的日记，可能就有点儿过分了。

“他甚至怎样？”

“他甚至让我借了一本，就是看看。”

“噢，那多有趣啊！你看了吗？可以告诉我内容吗？”

我咬着下唇：“那本是格雷戈里·伊利亚的日记。”

爸爸惊讶得下巴都快掉下来了，然后尽力保持镇定。“亚美利加，这实在难以置信，上面写了什么？”

“噢，我还没看完。我看它主要是为了搞明白什么是万圣节。”

他听到我的反应后沉默了一会儿，摇了摇头：“你在担心什么呢，亚美利加？麦克森明显很信任你啊。”

我叹了口气，觉得自己真的好笨：“我想，你是对的。”

“太棒了！”他吸了口气，“所以这儿有一间密室喽？”他用一种全新的眼光看着四周的墙面。

“爸爸，这个地方真的很疯狂，到处都有暗门、机关。有时候我想，如果我推倒这个花瓶，我们可能会掉进一个陷阱里也说不定。”

“嗯……”他饶有兴致地说，“那我回房间的路上必须加倍小心了。”

“你最好快点回去，我要让小梅准备好去和王后喝茶。”

“噢，对啊，你们要和王后喝茶呢。”他语气里尽是打趣的意味，“好的，小喵。我们晚餐上见吧，而现在……要如何不掉进隐藏的陷阱里呢？”他自言自语，张开双臂做出一种手拿盾牌的样子。

他走到楼梯，小心地用手碰了一下扶手：“就跟你说啊，这个是安全的。”

“谢谢了，爸！”我摇摇头，转身回自己的房间。

看到家人，我是如此开心，难以控制自己雀跃的脚步。如果麦克森不打发我回家的话，那再次和家人分开一定会更加困难。

我走到自己房间的转角，看到房门开着。

“他长什么样子呢？”我走近后听见小梅发问。

“很帅，反正对我来说很帅。他的头发有点自然卷，挺不贴伏的。”小梅咯咯地笑，露西也边笑边说，“有几次我甚至有机会亲手给他梳理头发，有时候我会回忆那个时刻，不过现在也很少去想了。”

我悄悄地走近，不想打断她们的对话。

“你还想他吗？”小梅问，一如既往地对男孩充满好奇。

“越来越少了。”露西承认，语气里仍是有一丁点希望，“我来到这儿的时候，我以为自己会心碎至死，然后不断地想各种方法试图逃离皇宫，回到他的身边，但这是不可能的。我不能离开我的爸爸，而且就算我可以出去，也不可能找到回来的路了。”

我对露西的过去所知不多，只知道她一家子给一个第三等级家庭做佣人，以换取她妈妈的医疗费。露西的妈妈最终还是过世了，而当女主人发现她的儿子爱上露西时，就把露西和她父亲卖进了皇宫。

我透过门缝偷偷看，小梅和露西都坐在床上，阳台的门是开着的，杉矶城甜美的空气涌进屋里。小梅穿上皇宫为她准备的衣服，看起来那么自然，日常小礼服非常合身。她正坐着给露西编一边的头发，另一边则散落下来。我从来没见过露西头发不扎起来的时候，她现在的样子更可爱，更显年轻。

“恋爱是怎样的一种感觉呢？”小梅问。

我心里有点隐隐作痛，她为什么没有问过我呢？然后我想起来，小梅所知道的我，是从没爱上过任何人的。

露西的微笑带着悲伤。“那是最美好又最痛苦的事。”她简单地说，“你知道你已经找到很棒的东西，而且你很想永远抓着它。得到它的每一秒里，你都害怕失去它。”

我轻叹……完全如她所说。

爱情是美丽的恐惧。

我不愿让自己想太多失去或未曾失去的，所以走了进去。

“露西！看看你！”

“你喜欢吗？”她伸手摸了摸精致的辫子。

“真好看，小梅以前也总给我编辫子，她很在行。”

小梅耸耸肩："我还能做什么呢？我们又没钱买娃娃来玩，所以只能用亚美了。"

"哦，"露西说着转身去看她，"刚好你在这儿，你就做我们的小娃娃吧。安妮、玛丽和我会把你打扮得和王后一样漂亮。"

小梅侧头看我："没有人比她漂亮。"然后她又快快地补了一句，"不要告诉妈妈我这么说哈。"

我笑了："我不会啦。但是现在，我们要准备出去了，快到喝茶的时间了。"

小梅兴奋地拍手，马上乖乖地坐到镜子前。露西把头发拉了起来，直接把辫子盘成一个发结，然后套上小帽子来罩住大部分的头发。

"噢，小姐，有人送来一封信。"露西说，特别慎重地递给我一个信封。

"谢谢。"我的回答无法掩饰我的惊讶，我能想到的会给我写信的人，大都已经在我身边了。我撕开信，看到个简短的字条，上面造作的字体我太熟悉了。

亚美利加：

我很晚才知道，精英等级的家人受邀去皇宫，而且父亲、母亲和小梅都去探望你了。我知道肯娜都快要生产了，肯定不能出行，而杰拉德年纪又太小，但我很想知道为什么我没有受到邀请。我是你的哥哥啊，亚美利加。

我只能认为是父亲决定把我排除在外，希望这不是你的决定。我们都是成功在望的人了，我们彼此的位置对对方来说是有帮助的，如果你的家人还会有其他特权，你应该要记得我，亚美利加，我们可以互相帮助。

你有跟王子提起过我吗？只是好奇。

请回信。

科塔

我好想把信撕了扔进垃圾箱。我曾期望科塔或许能不再纠结于如何往上爬，而学会享受已有的成功，看来是无望了。我把信塞进抽屉深处，打算把这件事彻底抛之脑后。不能让他的嫉妒影响这次探访。

露西叫来了安妮和玛丽，我们几个开开心心地为下午茶做准备。小梅的兴奋劲儿让我们几个保持着高昂的情绪，在更衣时我突然发现自己居然在哼小曲。没过多久，妈妈过来找我们，让我们看看她还有没有什么不妥的地方。

她看起来很不错，虽然比王后要矮一点，曲线明显一点，可她现在的穿着让她跟王后一样雍容华贵。我们下楼时，小梅突然抓住我的手臂，表情有点伤感。

“怎么了？你很期待见到王后的，不是吗？

“是的，只是……”

“怎么了？”

她叹了口气：“经过这些，我怎能回到穿卡其布的日子啊？”

女孩子个个都精力充沛、异常兴奋的样子。纳塔莉的妹妹莱西，大约也是小梅的年纪，她们坐在一边说悄悄话。莱西和她的姐姐长得挺像的，都很瘦，而且都是很可爱的金发。跟小梅和我不一样，莱西和纳塔莉虽然长得相似，但莱西少了一点古怪的气质，并不像姐姐那么令人摸不着头脑。

王后一家挨一家地谈话，跟所有妈妈聊天，嘘寒问暖，就好像我们每个人的生活都跟她的一样棒。小梅跑来拉我裙子示意我跟她走时，我正在一个小组中听伊莉斯的妈妈讲述她在新亚洲的家。

“小梅！”我低声呵斥，“你这是干什么呢？你不能这样，尤其是王后在场的时候！”

“你一定要看看！”她坚持拉我走。

幸好西尔维亚不在，虽然小梅根本就不可能懂这些规则，但她可不会轻易放过这种行为。

我们走到窗前，小梅指着外面：“你看！”

我往灌木丛和喷水池外看去，看到两个人影，其中一个是我的父亲，好像在解释还是问问题，打着手势。另一个是麦克森，回应之前是片刻的沉思。他们走得很慢，我爸偶尔会把手插在兜里，或者麦克森把两手都放在背后。他们似乎在谈什么很重要的事。

我回头看看大家，在场所有女士都专注于和王后互动，没人留意到我们。

麦克森停了下来，站在我父亲面前，开始从容不迫地说话。没有任何冲突或者怒气，却一脸坚定。沉默了几秒，父亲抽出一只手，麦克森微笑地马上握住了这只手。片刻之后，他们看起来都显得轻松了一些，爸爸竟然还拍了拍麦克森的背，这一下让麦克森有点儿僵硬，因为他很不习惯被人触碰。然后，爸爸还用手臂揽着麦克森的肩膀，就像对我和科塔，还有其他孩子一样。麦克森好像还挺喜欢这个举动。

“这是怎么回事？”我问出了口。

小梅耸耸肩：“看起来挺重要的样子。”

“可不是嘛。”

我们待在窗边想看看麦克森还会不会和别人的父亲说话，不过就算有，他也没再走进花园。

THE ELITE

第八章

万圣节派对果然跟麦克森承诺的一样完美。当我和小梅走进大厅时，我被眼前的布置惊呆了。所有东西都是金色系的，墙上的装饰、水晶灯上挂着的宝石、杯子、碟子，甚至食物，全都带着一点金色。没有比这安排得更棒的派对了。

音响系统里放着流行音乐，角落里，有一小队乐手正在等待，过一会儿要为我们演奏跳传统舞步的音乐。大厅中还散布着相机和摄像机，今晚的宴会肯定要成为明晚《伊利亚报道》中的亮点，没有比这更盛大的庆典了。那一刹那，我不禁想到，要是圣诞节时我还在，将会是什么样子呢。

每个人的服装都特别漂亮。玛莉打扮成天使，正在和警卫伍德沃克跳舞。她的服装上甚至有一对翅膀，应该是用彩纸做的，在她身后飘动着。塞莱斯特的短裙是用羽毛做的，羽毛头饰表明这是一身孔雀打扮。

克瑞斯和纳塔莉站在一起，她们的服装好像是协商过的，纳塔莉的胸衣装饰着盛开的花朵，裙子是轻飘飘的蓝色长薄纱。克瑞斯的裙子和大厅的金色调是一致的，上面装饰着很多垂悬的叶子。我猜她们应该是在扮春天和秋天，创意很可爱。

伊莉斯的亚洲背景被发挥到了极致，跟她平常偏爱的庄重装束相比，现在她身上那件丝质裙子已经算很夸张了，袖子特别戏剧化，而且我特别佩服她居然能戴那么大的头饰行走。伊莉斯平常不怎么显眼，但今晚她很漂亮，甚至算得上优雅了。

房间内所有家属和友人全部都精心打扮过，连警卫们也同样出色。这儿有棒球手、牛仔，还有西装外套上别着**加夫里尔·法德**名牌的，甚至有一个大胆的警卫做了女装打扮，几个女孩围绕着他笑个不停。不过，还是有不少警卫选择了制服式的服装，简单的白裤子和蓝色外套，手上戴着手套，不戴帽子，这些小细节把他们和在房间四周站岗的警卫区分开来。

“嗯，你怎么看？”我问小梅，可我一转头，却发现她已经走进人群中探险去了，剩下我一个人站在那儿环顾全场，哭笑不得地寻找她那一身泡泡裙。当她说想以“电视上看到的那种”新娘的装扮参加派对时，我还以为她在开玩笑。不过，戴着头纱的她可爱极了。

“您好，亚美利加女士。”有人在我耳边低语。

我转身看见艾斯本穿着制服站在我身边。

“你吓死我了！”我用手按着心脏的位置，希望心跳慢下来。艾斯本只是笑。

“我喜欢你的服装。”他高兴地说。

“谢谢你，我自己也很喜欢。”安妮把我打扮成一只蝴蝶，我的裙子从正面到背面都用了一种轻飘飘的布料，绲边儿是黑色的。面具像一对翅膀一样罩住了我的眼睛，添了一点神秘感。

“你为什么不化装呢？”我问他，“你想不到要扮成什么吗？”

他耸耸肩：“我更喜欢制服。”

“噢。”有这么好的理由和机会奢侈一下却浪费了，不是太可惜了吗，艾斯本比我更难得有这类的机会。为什么不放肆一下呢？

“我只是想跟你打个招呼，看看你好不好。”

“很好。”我匆匆地回答，感到有点尴尬。

“哦。”他不太满意的样子，“那好吧。”

或许那天那番话之后，他期待的是另一个答案，我却还没有准备好。他向我鞠了个躬，转身走向另一名警卫，他们像兄弟一样亲热地拥抱了一下。不知道身为警卫队的一员，是不是跟我参加选妃一样，会有一种加入大家庭的感觉。

片刻之后，玛莉和伊莉斯把我拖进舞池。我转圈时只能努力避免撞到别人，同时，也留意到艾斯本在舞池边上跟我妈妈和小梅说话。妈妈一只手摸着艾斯本的袖子，就像在为他抚平皱褶似的，而小梅则一脸兴奋。我可以想象出来，她们正在跟他说穿着制服的他有多帅气，要是他妈妈在这儿的话，得多为他骄傲。他也冲她们笑，明显很高兴。艾斯本和我在这儿都是特例，一个第五等级、一个第六等级，从一成不变的平凡生活中脱离出来，置身在皇宫里。选妃带来的变化天翻地覆，有时我都忘了去细细体会这其中的乐趣。

我跟几个女孩同警卫围成一个圈跳舞，然后音乐渐渐变轻，主持人开始说话。

“王妃候选女士们、警卫队的先生们、皇室的亲朋好友，请一起欢迎克拉克森国王、安伯莉王后和麦克森·斯威夫特王子！”

乐队奏起了隆重的音乐，我们全体行礼。国王很明显地还是装扮成国王，只不过换成了另一个国家的国王装束，可是我看不出来是哪国。王后深蓝色的裙子接近于黑色，上面镶着闪闪发亮的宝石，就像黑夜一样。麦克森则扮成了海盗，有点搞笑。他的裤子都是撕烂了的，上衣是件肥大的衬衫，外面套着小背心，头上系着一条印花大手帕。为了契合主题，他应该有一两天没剃胡子了，整个下巴都是金棕色的胡楂儿，好像一抹微笑。

主持人让我们把舞池空出来，国王和王后来为大家领舞。麦克森走到克瑞斯和纳塔莉的身边，分别跟她们耳语了些什么，她们都笑了。然后我看到他的眼神巡视全场，不知道是不是在找我。但我不想让他知道我一直在盯着他看，所以假装整理了一下裙子，把视线转到他父母身上，他们看起来很高兴。

我在想，不管选妃看起来有多疯狂，都不能否定它的成果。克拉克森国王和安伯莉王后真是太般配了，他是多么的强硬，而她相反地具备了安抚人心的能力。她是一个安静的聆听者，而他则是永远有话要说的样子。虽然整件事看上去不单过时，还很荒谬，可是很有用啊。

他们俩在选妃的过程中，有没有感到过彼此之间的距离越来越远？就像现在我觉得和麦克森离得越来越远一样。他为什么有时间和其他女孩约会，却没时间来看我一眼？或许这正是他要找爸爸谈话的原因吧，解释为什么要让我离开。麦克森是一个很懂礼貌的人，这种做法符合他的风格。

我在人群中寻找艾斯本的身影，在此过程中，我看到爸爸终于出现在大厅的另一头，妈妈挽着他的手臂。小梅找到了玛莉，正站在她身前，玛莉从后面双臂环抱着小梅，就像姐妹一样亲昵，身上的白裙子在灯光下闪闪发亮，我却不惊讶她们在一天不到的时间内就如此亲密。我叹了口气，接着找艾斯本。

差一点儿要放弃的时候，我往身后看了一眼，他正站在那儿，我的正后方，像往常一样守候着我。我们的眼神对上了，他冲我眨了眨眼，只这个简单的动作就让我开心起来。

国王和王后跳完后，我们全都涌进舞池，警卫分散开来，很轻易地就和女孩们配上了对。麦克森还在大厅的一头跟克瑞斯和纳塔莉站在一起，我倒是很希望他过来请我跳舞，我自己肯定不会主动请他。

努力鼓起勇气，我整理身上的裙子，往他的方向走过去。至少要给他请我跳舞的机会。我穿过舞池朝他们走去，打算加入他们的谈话，但当我走近时，麦克森却转向纳塔莉。

“您想跳舞吗？”他邀请了她。

她笑了，一头金发向旁边一歪，完全是求之不得的样子。我淡定地走过他们身边，目光集中在桌上的巧克力上，假装这些食物就是我的目标。我背对着舞池吃着美食，只盼没人看见我飞红的脸。

几首曲子之后，警卫伍德沃克出现在我身边，他跟艾斯本一样选择了穿制服。

“亚美利加女士。”他向我轻轻鞠躬，“我可以邀您跳一曲吗？”

他的声音是那么温暖和明亮，满满的热情扑面而来，让我毫不迟疑地就伸手给他了。

“当然没问题，先生。”我回答，“但得先警告你，我跳得很烂哦。”

“没关系，我们可以跳慢点儿。”他的笑容太迷人了，我根本没法多担心自己糟糕的舞技，马上高高兴兴地跟他进了舞池。

现在是一首欢快的曲子，很适合他的状态。整支曲子他都停不下来，而且，他的舞步还很难跟上，根本就不可能跳得慢些。

“看来你从被我撞到的伤害中恢复过来了。”他开玩笑。

“可惜你没有造成伤害。”我回敬他，“我要是能打个石膏什么的，那就不用来跳舞啦。”

他笑出声来：“闻名不如见面，您果然跟大家说的一样幽默，我还听说你是王子的心上人。”他说得就像大家都知道似的。

“我可不知道有这事。”我一边厌烦人们胡乱说话，一边又希望这个说法是真的。

从伍德沃克的肩膀上看过去，能看到艾斯本和塞莱斯特正在共舞，这个场景让我心里一沉。

“看来您和所有人都相处得不错，还有人说，上次皇宫遭到突袭时，您还把侍女们带进了皇家的密室，是真的吗？”他的语气中是难以置信。可对当时的我来说，想要保护自己看重的人，不是很正常吗，可是，对其他人来说，这却是奇怪和大胆的做法。

“我没法把她们留在那儿不管。”我解释道。

他敬佩地摇了摇头：“您是位真正的淑女。”

我脸又红了：“谢谢。”

一曲告终，停下来时我都有些气喘吁吁了，于是就近坐到一张桌前，拿着大餐巾给自己扇风，一边喝起了橙味特饮，一边看着舞池中的人们。我发现麦克森和伊莉斯在跳舞，转着圈儿，看起来很开心的样子。这已经是他第二次和伊莉斯跳舞了，却还没有过来邀我。

舞池里穿制服的男人还是不少，所以害我花了点时间寻找艾斯本，但我还是在角落里找到他的身影了，他正在和塞莱斯特说话。我看见她冲他抛媚眼，挑逗地嘟着嘴。

她以为自己是谁啊？我站起身想要过去阻止她，就在迈出第一步之前，我又想到这种行为对我和艾斯本来说意味着什么，只好又坐了下来，继续喝我的饮料。不过，在这首曲子结束之前，我已经挪到离艾斯本比较近的地方，方便他邀我共舞。

而他的确马上就邀请我了。幸好如此，不然我还真不知道自己有没有耐心等下去。

"刚才那究竟是什么情况？"我的声音虽然很轻，却明显含着怒气。

"什么？"

"塞莱斯特都把你摸了一个遍了吧！"

"有人吃醋了啊。"他在我耳边哼了起来。

"噢，少来！她可不能搞这个，这不合乎规则！"我四下看看，确保没有人能看到我们这么亲密地说话，并特别关注了下我的父母。妈妈坐在一边和纳塔莉的妈妈说话，而爸爸不见了。

"你居然说这个。"他调侃地翻了翻白眼，"如果我们不是恋人关系的话，你不能指挥我能或不能跟什么人说话。"

我冲他做鬼脸：“你知道我不是这个意思。”

“那是什么意思？”他轻轻地说，“我不知道自己究竟应该坚持，还是放弃。”他摇了摇头，“我不想放弃，但如果其实并没有希望的话，那么请告诉我。”

我能够感觉到，他保持表面上的镇定费了多大的力气，他的声音中是甩不掉的伤感，而我，也同样地心痛。想到要结束这段感情，我的胸口痛得像刀割似的。

我叹了口气，只能承认：“他在躲我，虽然也会打招呼，可他最近却致力于跟其他女孩约会，我想他喜欢我这事儿一定是我幻想出来的。”

他顿了一拍，被我所说的话惊到了，又很迅速地恢复动作，仔细看着我脸上的表情。

“我不知道发生了这些事。”他轻轻地说，“我是说，你知道我希望和你在一起。我并不想让你受到伤害。”

“谢谢。”我耸耸肩，“我只是觉得自己好傻。”

艾斯本把我拉得近一些，可是我们之间还是要有一个合适的距离的，虽然我知道他并不愿意：“相信我，亚美，任何放过和你在一起的机会的男人都是傻子。”

“你试过不要我啊。”我提醒他。

“所以我才有感而发啊。”他微笑着回答，现在我们能拿这个开玩笑，我也安心了。

我往艾斯本身后看，发现麦克森和克瑞斯在跳舞。这不是第一支舞了，难道他根本没打算邀我共舞吗？

艾斯本俯身过来：“你知道这支舞让我想起什么吗？”

“告诉我。”

“费恩·塔利十六岁生日会。”

我向他投去一个“你疯了”的眼神。我记得费恩的十六岁生日派对，她是第六等级，当艾斯本的妈妈没有时间来帮忙时，有时候我们就会找她来。她的生日派对是在我和艾斯本开始约会大概六个月后举行的，我们两个都受邀请出席。而那根本算不上什么派对，在她那个没有装修好的地下室内，灯光调得暗了些，只有一个蛋糕和水，而且是用收音机的直播来代替她根本没有的音乐带。对我来说，那是第一次受邀去“非家庭成员”的聚会，只有邻里的几个孩子，这点就足够让人兴奋了。但无论如何，那也不可能和现在我们身边的派对作任何比较。

“这个派对又怎么可能和那个有任何共同点呢？”我难以置信地问。

艾斯本咽了下口水，接着说：“那次我们跳舞了，记得吗？在众人面前，你在我的怀中，我是多么骄傲啊。尽管当时你的舞姿的确有点像癫痫发作。”他向我眨了眨眼。

这几句话搅乱了我的心。我的确记得那一次，那段记忆让我高兴了好几周。

在这一刻，艾斯本和我之间珍藏的上千个小秘密全都涌进我的脑海：我们为幻想出来的儿女起的名字、我们的树屋、他后脖子上怕痒的那个点、我们藏起来的字条、我失败的手工肥皂、在他的肚皮上用手指玩一字棋……还有其他我们都记不起怎么玩的游戏……

都是他让我赢的游戏。

音乐变成一首经典的曲子，旁边的一位警卫过来邀我共舞，我被马上带走了，并没有给艾斯本和自己一个得出答案的机会。

宴会继续进行，而我发现自己不止一次偷偷看着艾斯本。我努力假装不在乎，可是，我想任何有心留意的人，都已经看出来了。尤其是我爸爸，如果他在的话，他一定看得出来，但是相对于跳舞而言，他好像更愿意参观皇宫。

我尽力分散自己的注意力，除了麦克森之外，我几乎和在场的所有男士都跳过一曲了。我坐下来小憩，听见有人从身后叫我。

“亲爱的女士？”我转身看着他，“能请您与我共舞吗？”

那种无法形容的感觉像电流一样穿过我的身体。虽然沮丧失望，而且不无尴尬，但当他伸手邀请我的时候，我只能答应。

“当然。”他握着我的手，领我走进舞池。乐队奏起了一首慢曲，我突然就开心起来了，而麦克森也没有不自然或难过，相反地，他把我抱得那么紧，我能清楚地闻到他的古龙水味，他的胡茬儿擦过我的脸颊。

“我还在想，不知道能不能轮上一支舞呢。”我尽量轻松地说。

麦克森把我抱得更紧了：“我特意留着这支舞呢，已经陪过其他女孩了，任务完成。现在，我能和你一起享受剩下的时间了。”

我脸红了，就像每一次他跟我说这种话时我都有的反应一样。有些时候，我觉得他每句话都像诗。上周之后，没想到还能听到他这样跟我说话，我的心怦怦直跳。

“你太美了，亚美利加，在一个邋遢的海盗臂弯中实在有点违和。”

我咯咯地笑：“你能怎么配这身服装？扮棵树？”

“至少，要扮成灌木丛。”

我又笑了：“你要扮成灌木丛，花钱我都愿意看！”

“明年吧。”他答应。

我看着他。**明年**？

“你想吗？明年十月，我们再举办一个万圣节派对？”他问。

“明年十月我还会在这儿吗？”

麦克森停下舞步：“你为什么不会？”

我耸了耸肩：“你这周一直在躲我，去和其他女孩约会，而且……我看见你跟我爸爸说话了，以为你在跟他说让我走的原因呢。”我用力吞咽了下，才不要在这儿哭出来。

“亚美利加。”

“我明白，需要有人出局，而我是第五等级，玛莉是人民所喜爱的……”

“亚美利加，停。”他温柔地说，“我真是个傻子，居然没想到你会这么想，我以为你对自己的处境是很有安全感的。”

我好像漏掉了些什么。

麦克森叹了口气：“真相吗？我是要给其他女孩一次机会，因为从一开始，我就只望着你，只想要你。”我的脸又红了，“当你跟我说出你的感受后，我松了口气，也有些不敢相信，现在我还是有点儿不能相信这是真的。如果你知道我如何经常得不到我想要的，你会很惊讶。”麦克森想去掩饰某种情绪，那是他还没准备好分享的伤感。摇了摇头，他接着解释，也接着随音乐起舞。

“我怕我搞错了，也怕你随时会改变主意。我一直在找一个合适的备选，可真相是……”麦克森坚定地看着我的眼睛，“只有你。或许我并没有真正在找后备人选，又或许她们都不适合我。都不重要了。我只知道我想要你，而这一点让我害怕，所以，我一直在等你收回那些话，求我让你走。”

那一刻我几乎忘记了呼吸。那些我以为他躲着我的时光，突然就变得不一样了。这种感觉很熟悉，好得难以置信，和他在一起，我每天都有这种感觉。

“麦克森，这是不可能的。”我冲着他脖子说，“还不如说，你以后会发现，我真的不够好。”

他的嘴唇就在我的耳边：“亲爱的，你最完美。”

我用抱着他的手臂把他拉得更近，而他也一样抱得更紧了，我们好像从来没有这么贴近过。其实我知道我们是在众目睽睽之下，而且我妈妈看到我们这样，估计要晕过去了。可是，我不在乎了，那一刻，我觉得全世界只剩下我们两个人。

我往后抽离一点来看麦克森，湿润的眼睛让我无法聚焦，可是，这些泪水那么美好。

麦克森接着解释：“我想和你慢慢来。明天我宣布被淘汰的人会让公众和父亲高兴，可我并不想催你加快速度。我想让你看看王妃的套房，那间屋和我的房间是连着的。”他轻轻地说，想到要离他那么近，我觉得每一寸骨头都要酥软了。

“我想，你该开始想想房间里要些什么了，要把那儿当成家。

你还得再选几位侍女，再想想你究竟想让家人住在皇宫里，还是只想让他们住得近一点。当然，我会帮你安排所有的事情。”我心里有一个小小的声音在说：**那艾斯本怎么办？**可是我太沉迷于眼前的麦克森了，几乎没有听见这声音。

“不久的将来，我便可以结束这场选妃，而当我向你求婚时，我希望，答应我对你来说就像呼吸那么容易。我答应你，在那一刻来到之前，我会尽力帮你达到那种安心的程度，任何你需要的、想要的，尽管说，只要我做得到，一定会帮你。”

我有点不知所措了，他实在太了解我对承诺有多么紧张、对成为王妃有多么害怕。他打算把所有可以陪伴我的时间都用在我身上，而且，还要用各种各样的东西宠坏我，这一刻，我有点不能相信这是真实的。

“这不公平啊，麦克森。”我喃喃自语，“那我又能给你什么呢？”

他微笑地说：“我只想你答应我，留在我身边，只属于我。有些时候，我总觉得你并不是真的存在。答应我，你会留下来。”

“我答应你。”

我把头靠在他的肩膀上，我们相拥着跳了一首又一首的慢曲子。其间我不经意看到了小梅的眼神，她看着我们在一起高兴得快要晕过去了。爸爸和妈妈也站在旁边看着我们，摇着头用眼神说**你居然以为他要把你送回家**。

然后我想到一件事。

“麦克森？”我拉开一点距离面对着他。

“嗯？亲爱的。”

我不禁对这称呼露出了笑容："你和我爸爸都谈了什么？"

麦克森也笑了："他看得出我的心意，而你也应该知道，只要你开心，他就同意我们在一起。而且他只在乎你开不开心这一点。我向他保证，我会尽力保证你开心，而且你现在好像已经待得挺开心的了。"

"是的。"

我感到麦克森的胸膛起伏了一下："那么，他和我都满足了。"

麦克森放在我后背上的手挪到我的腰间，让我贴他近一点，那一下抚摸让我明白了很多事情，我知道这是真实的，这一切马上要发生了，所以我可以让自己相信了。我也清楚，如果一定要放弃在这儿交到的朋友，我也会这么做的，但我相信玛莉不会介意输给我。我也清楚，要让那团为艾斯本燃烧的火焰慢慢地熄灭，将会是个过程，而且我还得告诉麦克森。但我一定会做到的。

因为现在，我已经是属于他的了。我从没有如此确定过一件事。

这是第一次，我能想象，婚礼上直铺到神父面前的地毯、等候的宾客和站在末端的麦克森。他抱着我的那一刻，这一切水到渠成。

派对持续到很晚。麦克森把我们六个候选人拉到外面的阳台上，那儿是看烟花最棒的地方。塞莱斯特摇摇晃晃地走上大理石台阶，而纳塔莉不知道抢了哪位警卫的帽子。我们给大家递着香槟酒，那是麦克森的私藏，这时的感觉就像过早庆祝我们的订婚一样。

烟花照亮了整个夜空，麦克森举起了酒瓶。

"来一个！"他大喊。

我们都举起了手中的酒杯，等着他说话。我留意到伊莉斯的杯子上已经沾上了她深色的唇膏，甚至玛莉也静静举起杯，小口小口地抿着。

“敬你们几位如花般美艳的女士，还有，敬我未来的妻子！”麦克森大声说。

女孩子们一起响应，估计她们都以为这是专门为自己一个人而喝吧，而我当然心知肚明。当所有人仰头干杯时，我发现麦克森（可以叫未婚夫了吗）冲我眨了眨眼，然后才喝了一口香槟。今晚的兴奋和激动久久挥之不去，就像一团火要把我吞噬。

无法想象，还能有什么东西会把这种快乐夺走。

THE ELITE

第九章

我几乎没怎么睡。那么晚才从宴会里出来，而且想到将要发生的一切，我又怎么可能睡得着。我往小梅那边挪，感受着她的体温。她走了后我该多么想念她啊，不过，至少我现在可以期待有一天她能来这儿跟我一起住了。

不知道今天会是哪一位离开，问出口的话不太礼貌，因此我就没问。不过我要是真问了的话，估计会是纳塔莉。玛莉和克瑞斯都很受公众爱戴，比我更受欢迎；塞特莱斯和伊莉斯则有家里的关系；而我，有的是麦克森的心。只有纳塔莉没什么竞争力。

我跟纳塔莉真的没有什么过节，所以还是很为她惋惜。如果可以选的话，我希望走的人是塞莱斯特。或许麦克森知道我这么不喜欢她，会把她送走呢？他可是说过会尽力让我待得舒服。

想到昨晚他跟我说的一切，我满足地叹了口气。我从来没有想过这居然会成真，我，一个默默无闻的第五等级女孩，怎么可能爱上第一等级，而且是独一无二的麦克森·斯威夫特？过去两年中，我一直在为降为第六等级做心理准备，怎么可能会变成这样？

一想到要跟艾斯本解释这一切，我的心就不由自主地痛。我该怎样告诉他，麦克森选中了我，而我也想和他在一起呢？他会恨我吗？这个念头让我想哭，无论怎样，我不想失去艾斯本的友情。我不能失去他的友情。

侍女们如往常一样进来不敲门，她们总是尽量让我多睡一会儿，而且在昨晚的派对过后，我更需要休息了。玛丽进来后没有开始准备工作，反而跑去小梅那边，轻轻地抚摸她的肩膀，让她醒来。

我翻过身来看到安妮和露西手上拿着一个衣袋，是新裙子吗？

小梅慢慢地从睡梦中醒来："不能睡了吗？"

"不行了。"玛丽抱歉地说，"今天早上有些很重要的安排，你现在马上要去父母那儿。"

"重要的安排？"我问，"怎么回事？"

玛丽看了看安妮，顺着她的眼光，我看到安妮摇了摇头，而那就是她们给我的回答。

尽管不明所以，我还是好奇地下了床，同时也催促小梅行动起来。在她出发去爸妈的房间前，我深深地拥抱了她。

她一出门，我就转向侍女们："你们现在可以解释她为什么要走了？"我问安妮，她摇头。我不高兴了，气冲冲地说："是不是我命令你们的话就可以说呢？"

她看着我，眼神中全是严肃："这个命令是从最高层下达的，所以你只能等等。"

我站在浴室前看着她们忙来忙去。露西在为我的洗澡水洒玫瑰花瓣，她的手颤抖着，而玛丽为我化妆和做头发时全程都皱着眉。因为露西时不时会毫无缘由地全身发抖，而玛莉在集中精神时一定会皱眉，所以，只有安妮的表现最让我感到害怕。

就算在很可怕、压力很大的情况下，她都很镇定，但今天她看起来像全身都压满了重物，整个人被担忧压得蜷缩起来。她时不时停下手中的工作揉自己的额头，好像这样就能把焦虑揉没了似的。

我看着她把礼服从衣袋里拿出来。那是件简单低调的深黑礼服，看到此，我知道这只能意味着一件事。在知道要为谁哀悼之前，我就忍不住哭了起来。

“小姐？”玛丽过来帮我。

“谁死了？”我问，“谁死了？”

安妮保持镇定，把我拉了起来，为我擦干眼泪。

“没有人死。”她说，语气中并没有安慰的意思，而是命令的意味，“当事情过去之后，我们得感激今天没有人会死去。”

她不再多说什么，就让我去洗澡了。露西尽力控制着情绪，但最后还是抹起了眼泪，安妮让她去帮我拿点好消化的吃食，得到命令的她马上就顺从地出去了，而且走之前居然没有行屈膝礼。

露西回来时拿了牛角面包和苹果切片，我想坐下来慢慢吃，可是咬了一口我便知道，今天我的胃口不欢迎食物。

最后，安妮把我的名牌别在我的胸口上，漂亮的银牌子在黑色礼服上闪耀着。现在我什么都做不了，只能面对无法想象的命运。

打开了门，我僵在那儿，回头转向侍女们，呼出一口气：“我好害怕。”

安妮把双手放到我双肩上说：“小姐，你现在是一位淑女了，你必须像淑女一样面对这一切。”

她放下手，我只能点点头，手从门把上松开，往前走。我真希望可以抬头挺胸面对，但真相是，无论是不是淑女，我害怕极了。

当我走到门厅时，惊讶地发现其他女孩都在那儿等待着，每个人身上的礼服和脸上的表情都和我一样，所以我长长地舒了口气，这代表我并没有什么大麻烦，如果有的话，也是我们全部都有麻烦，至少不用我一个人去面对。

“第五位来了。”一名警卫跟他的同伴说，“女士们，请跟我来。”

第五位？不，这可不对啊，应该是六位才对。我们走下楼梯时，我扫了眼所有的女孩，警卫数得没错，只有五个人，玛莉不在其中。

我的第一个想法是，麦克森让玛莉回家了。但如果是这样的话，她会来我房间跟我告别才对啊。我努力想找到今早这种神秘安排和玛莉失踪之间的联系，但实在想不出什么合理的解释。

楼梯下面有一队警卫候在那儿，还有我们的家人。爸爸、妈妈和小梅都很焦虑的样子，每个人都看起来很紧张。我看着他们，想找出点蛛丝马迹，可是妈妈只摇了摇头，爸爸则耸了耸肩。我扫了一遍身穿制服的警卫想找艾斯本，可是他也不在。

有几名警卫带着玛莉的父母走到我们这队人的身后，她的妈妈看起来非常担心，整个人靠在丈夫的身上，而她爸爸的表情也很沉重，好像一夜之间老了许多。

等一下。如果玛莉都走了，那他们为什么还在这儿？

外面的阳光突然洒进了前厅，我转身往外看。来皇宫这么久，第一次看到两扇正门都大大地敞开。我们列队往外走，走过环形的车道，往外墙走去。外面的大闸打开后，震耳欲聋的欢呼声迎接着我们。

街上搭起了一个巨大的台子，有成百上千的人聚集在旁，小孩子们坐在父母的肩上想要看清楚。绕着舞台一圈都是摄像机，制作人员在人群前跑来跑去做准备工作，同时也拍下此时的场面。我们被领到一个小范围的看台区域，当我们往外走时，群众都为我们欢呼，当女孩们的名字被粉丝们喊到，而且鲜花投到我们脚下时，我能看到走在我前面的女孩子都放松了一点。

有人喊我的名字时，我便挥手示意。刚才的担心现在看来太傻了，如果人们这么高兴的话，不可能发生什么不好的事情。皇宫的工作人员真的需要好好思考一下，怎样接待精英等级才是正确的，刚才那些焦虑都是不必要的。

小梅很开心地笑了，单纯是因为置身于如此盛大的庆典之中，而看到她恢复平常的神态，我也安心了。我尽力去回应所有给我祝福的群众，却被台上两个奇怪的东西吸引住了，第一个是字母 A 型的阶梯装置，第二个是一根两端都有环的大木桩。一名警卫紧跟着我，走到第一排正中央的位置。看着台上的东西，我想要搞明白究竟在发生什么。

当国王、王后和麦克森出现的时候，群众就更激动了。他们也穿着深色的服装，脸也紧绷着。因为我和麦克森离得比较近，我以为可以从他身上得出答案。无论是什么事，只要他看着我笑，我就知道不会有问题。我一直用意念想让他看看我，给我一点启示，可麦克森的表情是麻木的。

片刻之后，群众的欢呼变成了咒骂，我转身去看有什么事情让他们这么不高兴。

那一刻，我的世界粉碎了，心里翻江倒海。

警卫伍德沃克被锁链铐着拖出来，嘴上都是血，身上的衣服脏得就像在泥巴里滚了一晚上。在他身后是玛莉，她身上的天使礼服已经折翼，全身沾满污垢，同样被锁链铐着出来。她身上披着一件西装外套，看到阳光，不适应地眯起了眼睛。然后她看了看人群，在被拉走之前我们匆匆地对看了一眼。她在往我这边看，我知道她想找谁。在我左手边的是玛莉的父母，他们用力地握住彼此的手，看得出来失魂落魄，心已不在这里。

我再回去看玛莉和警卫伍德沃克，他们脸上写满了焦虑，可是，步态里却有一种骄傲，仅有一次玛莉几乎被自己的裙子绊倒，这种伪装才被打破了一下：在那之下，全是恐惧。

不！不！不！不！不！不！

当他们被领到看台上时，一个戴着面具的男人开始说话，人群马上安静下来。很明显，无论这是什么，以前都有过先例，所以人们知道每个节点该怎么做。可是我不知道会发生什么，所以整个身体前倾，胃里难受得很。现在我庆幸自己并没吃什么就来了。

“玛莉·谭斯，”面具男开始喊名字，“身为选妃的一员、伊利亚国的女儿，昨晚，她被发现和这个男人，身为皇家警卫、备受信任的卡特·伍德沃克，做出了越轨的行为。”

这个人的声音中满满是不合时宜的自大，简直像在宣布什么致命疾病的治疗方法。听见他的指控，群众发出了一阵阵的嘘声。

“谭斯女士打破了她对麦克森王子忠诚的誓言！而伍德沃克先生因为和谭斯女士建立了亲密的关系，本质上就是偷了皇室的财产！这是叛国大罪！”他完全是歇斯底里地喊出来的，引导着群众去响应他，而且成功了。

但是，他们怎么可能同意呢？他们不知道这是玛莉吗？那个甜美、漂亮、可靠、善良的玛莉？她或许犯了错，但不是什么应该引来如此深仇大恨的错。

卡特被另一个戴着面具的男人绑到那个A型的阶梯架上，他的双腿被架开，双臂也被拉开捆在架子的两边。他的腰间和腿上都捆上了比较厚的带子，绑得那么紧，就算离得很远我也能看出来非常难受。玛莉被迫在那根大木桩前跪下，有人把她肩上的外套拿走了，她的两个手腕被绑在木桩两端的环里，手掌朝上。

她开始哭。

“叛国罪是要判死刑的！但仁慈的麦克森王子饶了这两个叛国贼的命。王子万岁！”

群众跟着这个男人有节奏地重复着这句话。如果我有理智的话，就会想到，按道理来讲我也该应和，或至少拍掌以示认同。坐在旁边女孩子们都拍手了，我们的父母虽然明显受到惊吓，却也都拍手了，可是我对这些视而不见，所有的注意力都在玛莉和卡特的脸上。

我们被安排到座位第一排是有原因的：就是要让我们看清楚，一旦犯下如此愚蠢的错误，下场是什么。可另一方面，在这个离台上不到二十英尺的地方，我对所有细节都看得清清楚楚。

玛莉死命地盯着卡特，他也同样努力地伸着脖子回望着她。虽然脸上毫无疑问地写着恐惧，可是，她脸上还有一种情绪，就像是在安慰他，他值得她付出一切。

“我爱你，玛莉。”他在群众的呼喊声中大声向她说，几乎听不清，但肯定是这么说的，“我们一定会没事的，我答应你，会没事的。”

受到惊吓的玛莉说不出话来，但还是冲他点了点头。那一刻，我只有一个想法：她真的太美了。虽然她的金发已经一团糟，身上的裙子不忍直视，脚上的鞋也不见了，但是，我的天啊，她整个人简直在发光。

“玛莉 · 谭斯和卡特 · 伍德沃克，你们被驱逐出你们的等级，降为最低的等级，第八等级！”

群众欢呼，这真是太可怕了。难道他们中间没有任何第八等级的人不爱听这种话吗？

“为了惩罚你们对殿下的不敬，你们要当众受棍刑十五下，这些伤疤会让你永远记住所犯下的大罪！”

棍刑？那究竟是什么意思？

答案一秒钟之后就揭晓了。那两个负责把卡特和玛莉绑在刑具上的蒙面人，从一个水桶里抽出两根棍子，在空中挥了几下，棍子划破空气的声音极其刺耳。群众对这个热场运动表现出巨大的热情，就像他们对王妃候选人那么热情。

几秒钟之后，卡特的背部就会被无情地打烂，而玛莉的纤纤玉手……

“不要！”我大喊，“不要！”

“我想我要吐了。”纳塔莉呢喃道，而伊莉斯冲身旁的警卫悲鸣了一声。可是，没有人停下。

我站起来往麦克森的方向冲，可是被爸爸的膝盖绊了一跤。

“麦克森！麦克森，让他们停下！”

“小姐，请你坐下来。”我的警卫上手把我按回座位。

“麦克森，我求你了，求你了！”

“这样不安全，小姐！”

“放开我！”我冲警卫大喊，用尽力气踢他。虽然我用尽力气挣扎，他还是一点儿都不松手。

“亚美利加，请坐下！”我妈妈劝告我。

“一！”台上的男人喊。然后我看着玛莉的双手遭到无情的棍击。她发出一种极其可怜的悲鸣，就像小狗被人踢了那样。而卡特一声不哼。

“麦克森！麦克森！”我扯着嗓子大喊，“停！停！求你了！”

他能听见，我知道他听得见。我看到他闭上眼，缓慢地咽了一下口水，好像这么做就能把我的喊叫抛之脑后。

“二！”

玛莉的悲鸣已经是纯粹的痛苦了。我根本无法想象她有多痛，而且，还有十三次。

“亚美利加，坐下！”妈妈坚持让我坐着。小梅坐在她和爸爸之间，转过脸去，发出跟玛莉一样的悲鸣。

“三！”

我看着玛莉的父母，她妈妈用双手抱住头，她爸爸双臂环抱着她的妈妈，就好像这样她就不会被周围的一切伤害。

“放开我！”我冲警卫大吼，可还是无用，“麦克森！”我已经在尖叫了，满脸的泪水让我看不清眼前的事物，但我能看到，他听得到我的呼喊。

我转头看其他女孩，难道我们不应该做点什么吗？有几个好像在哭，伊莉斯弓着身，一只手捂着额头，看起来马上就要晕过去了，但没有任何一个表现出愤怒。难道大家不该生气吗？

“五！”

玛莉的惨叫会缠绕我一辈子。我从来没有听过这么可怕的声音。不管是群众把这一切当作娱乐节目欢呼喝彩，还是麦克森默许这一切发生，又或我身边的女孩哭着接受这一切，全都闻所未闻。

唯一让我不至于绝望的是卡特。虽然他已经痛得全身发抖、大汗淋漓，可他还能开口安慰玛莉。

“快要……结束了。”他挤出话来。

“六！”

“我爱……你。”他结结巴巴地说。

我受不了了。我用指甲去挠按着我的警卫，可是他的制服很厚，根本伤不了他，他把我抓得更紧了，我接着尖叫。

“松开我的女儿！”我爸爸大喊，拉扯着警卫的手。就在这个空当，我挣脱出他的魔爪，转身面对面地对他裆部用力地来了一脚。

他发出低沉的呻吟，要往后倒，爸爸伸手拉住了他。

虽然穿着礼服和高跟鞋很笨拙，但我还是翻过了面前的栏杆。“玛莉！玛莉！”我用尽力气朝她跑，一边大声喊着，在走到台前的台阶时，两名警卫赶上了我，而这是一场我没有胜算的对决。

在舞台的后方，我看到卡特裸露的后背上皮开肉绽，恐怖得无法直视，血水直往下流。我无法想象玛莉的双手会是什么样。

这个念头让我更加歇斯底里，不断地尖叫，踢打着制伏我的警卫，但这个过程中除了我掉了一只鞋，没有任何成果。

台上的男人喊出下一棒时，我已经在被拖回去的路上了。不知道该感激被架回来，还是该感到羞耻，因为一方面不用看完这个酷刑了，可另一方面，我却把玛莉扔在她的人生低谷。

作为一个真朋友，难道我就不能做得更好吗？

“玛莉！”我再尖叫，“玛莉，对不起！”但群众太疯狂了，加上她自己也不断在哭，我不认为她能听见我的呼喊。

THE ELITE

第十章

被架回去的路上我还是不断地尖叫、挣扎，因此警卫费很大的劲才能抓住我，我知道身上肯定会留下瘀青，但我根本不在乎，我一定要战斗到底。

“她的房间在哪儿？”我听见其中一个问，所以扭头去看走廊里经过的侍女，虽然我不认得她，但很明显她认得我。她领着警卫走到我的房间，然后我听见我的侍女们大声责骂他们竟然这样对待我。

“小姐，冷静点，这种行为没什么意义。”他们把我扔到床上时，其中一个抱怨。

“滚出我的房间！”我尖叫。

我的侍女们全部冲上来围住我，抹着眼泪。玛丽开始动手清理我礼服上的污渍，但我一下子把她的手打开。她们事先知道。她们知道却没有警告我。

“你也是！”我对她们大声吼叫，“你们全都出去！现在！”

她们都畏缩了，露西甚至全身发抖，这让我有点后悔自己话太重。不过，我需要一个人待着。

“小姐，我们很抱歉。”安妮边说边把她们往后拉。她们知道我和玛莉很亲近。

玛莉……

“出去吧。”我轻轻地说，翻过身把脸埋在枕头里。

听到房门关上的声音，我起来把剩下的那只鞋也脱掉，爬到床中间把自己埋了起来。现在回想起好多细节，我终于明白是怎么回事了。这就是她一直不敢告诉我的秘密，这就是她不想留下的原因，因为她根本不爱麦克森，但她又不想离开，因为她爱上了卡特。

很多让我觉得奇怪的时刻现在都能解释了：她为什么要站在某个地点，又或者要面向门外，因为他在，卡特在那儿。斯文伟国的国王和王后拜访时，她坚持要站在太阳底下……是因为卡特。我在洗手间门口遇到他时，他是在等玛莉出来，一直都是他默默地站在旁边，或许偶尔能够偷到一个吻。他们一直在等待一个能真正在一起的机会。

她是有多爱他，才会这么不小心，冒这么大的风险。

这是真的吗？感觉像一个噩梦。我知道这种事肯定会有处罚，却不知会发生在玛莉身上，现在她被驱逐了……我无法理解。

想到这个被抓住的人非常可能是我，立马感到胃里翻腾。如果艾斯本和我不那么小心，如果有人听见我们在舞池里的对话，台上那一对人很有可能是我们。

我还有机会再见到玛莉吗？她会被送去哪儿？她的父母还能再

见到她吗？我不知道卡特在征兵成为第二等级前是什么等级，我猜他应该是第七等级的。第七虽然很低了，可还是比第八等级好太多。

我无法接受她变成第八等级这件事。这不可能是真的。

玛莉的手以后还能用吗？这种伤口需要多长时间才能愈合？卡特的伤呢，以后他能正常走路吗？

台上的男人非常可能会变成艾斯本。

台上的女人非常可能会变成我。

我感到恶心至极，那种庆幸不是自己的残酷念头，那种松一口气的罪恶感，沉重得让我喘不过气来。我真是个糟糕透顶的人，完全不是朋友，没脸见她了。

除了哭，现在还能做什么？

整个早上和大半个下午我都缩在床上，侍女们给我送来了午餐，可我一口都吃不下。幸好她们没有执意留下，让我能放松地独处。

我没有办法让自己振作起来，刚刚发生的悲剧让我越想越难受，根本无法把玛莉痛苦的呻吟声赶出脑海。我怀疑自己有没有可能忘掉。

门外响起了一声略显犹豫的敲门声，但现在没有侍女们去帮忙应门，而我又不想起身，索性就不理会。片刻之后门外的人还是推门进来了。

“亚美利加？”麦克森轻轻地喊我。

我没有回答。

他关上门，走到我的床边来。

“对不起。”他说，“我没有选择。”

我一动不动，说不出话来。

“不是处罚就是死刑。昨晚摄像机拍到了他们，在我们不知情的情况下，那个片段已经播出去了。”他接着说。

然后他沉默了一会儿。或许他认为只要站得够久，我就会愿意和他说话。

最后他跪在床前看着我：“亚美利加？看看我，亲爱的？”

这个亲密的称呼害我胃里一紧。我还是转头看了看他。

“我没有办法。别无选择。”

“你怎么可以只是站在那儿？”我发出的声音是很奇怪的，“你怎么可以什么都不做？”

“我跟你说过，我的工作之一就是，就算内心再激动，外表还是要假装平静，这是我必须熟练的技巧。以后你也需要这样。”

我的眉眼都纠在一块儿了。他不可能认为我还想成为王妃吧？很明显他是这么想的。他慢慢地审视我的表情后，彻底惊讶了。

“亚美利加，我知道你现在难受，可是不必这样吧？我跟你说过，你是我的唯一。求你不要这样。”

“麦克森，”我慢慢地说，“很抱歉，但我不认为自己做得到。我不可能看见有人因为我的判断而受伤，还镇定地看着。我成不了王妃。”

他的呼吸有点急促，应该是我见过他最接近伤心的情绪了。

“亚美利加，你拿别人五分钟的经历来决定自己后半辈子的生活，这没有道理，你真的不用这样就决定。”

我坐起身来，希望这样能够清醒一点：“我只是……现在无法思考。”

“那就别想了。”他请求，“不要在你这么难过的时候为我们做决定。”

这些话听起来怎么像个骗局。

“拜托。”他抓紧了我的手，很认真地呢喃，声音中的绝望让我不能不看着他，“答应我会陪着我，求求你，不要这样放弃。”

我吁了一口气，点点头。

他明显地松了一口气：“谢谢你。”

麦克森像抓住救命稻草一样抓住了我的手。可是，这已经完全不像昨天给我的感觉了。

“我是知道的……”他开始说，“我知道你对这份工作一直很犹豫，也知道你不可能轻易地接受这个位置，今天发生的事也让这显得更困难了。可是……那我怎么办？你对我的感觉还确定吗？”

我有点烦躁不安，不知道该怎么回答：“我跟你说了我现在思考不了。”

“噢，对哈。”他明显有点泄气，“那我现在不烦你了，回头再说。”

他身体往前倾想要亲我，我却低下了头。他清了清嗓子：“再见，亚美利加。”

然后他就走了。

我再次消沉了起来。

几分钟，也有可能是几小时之后，我的侍女们进来时我正号啕大哭，我翻过身去想躲，可她们不可能看不见我眼神中的请求。

“噢，我的小姐啊。”玛丽跑过来拥抱我，“让我们帮你整理一下，好好睡觉吧。”

露西和安妮开始给我解礼服上的纽扣，同时玛丽为我擦脸梳头。

侍女们围坐在身边安慰着哭泣的我。我想跟她们解释说我的悲伤不单是因为玛莉，还因为麦克森的心痛，可是要承认我这么深深地在乎他，还有我一直都在误会的话，又太尴尬了。

问起我的父母在哪儿的时候，我就更心碎了，因为安妮告诉我，所有的家庭成员都被迅速送走了，我甚至没有告别的机会。

安妮抚摸着我的头发，哄着我让我平静下来。玛莉坐在我腿边为我揉腿，而露西只是单纯地捂着自己的胸口，就像她也感受到了我的心痛。

“谢谢你们。”我吸着鼻子说，“早先我那么凶，对不起。”

她们互相看了一眼。“没什么好道歉的，小姐。”安妮坚持这么说。

我正想更正这种说法，因为我本来是不会这么对待她们的，这绝对不是我的作风。可此时有人来敲门，所以我得想一个说辞，礼貌地表达现在我不想见麦克森的想法。可是我还没来得及说什么，露西便冲过去开门了，门外是艾斯本的脸。

“很抱歉要打扰您，小姐，但我听见哭声，所以想进来确保你们没事。”他说。

他走近我的床，在这样的一天，这几步路是很大胆的做法。

“亚美利加女士，对您朋友的遭遇我感到很遗憾，我听说她是个很特别的人。如果您需要什么，请尽管说，我在外面。”艾斯本的眼神说明了很多事：如果他有选择的话，要他放弃什么来让我好受一点，他都愿意。

我真是太愚蠢了，差点儿错失这个世界上最懂我、最爱我的人。艾斯本和我一直在努力建立未来共同的生活，而选妃活动差点儿把这些努力都毁了。

艾斯本才是家。艾斯本才能给我安全感。

“谢谢。”我轻轻地说，“你的善意对我来说很重要。”

艾斯本的微笑一闪而过，看得出来他很想留下，而我自己当然也很想，可我的侍女们正忙前忙后，现在不是好时机。我记起来，前几天还想象过艾斯本永远属于我，现在我非常感恩这一点完全正确。

THE ELITE

第十一章

小喵：

很抱歉走之前没办法跟你告别，国王好像认为家属们尽快离开才是安全的，当时我想方设法要去见你，可惜还是徒劳。

我们安全地回到家了。国王让我们带走皇宫为我们做的衣服，小梅对她的裙子爱不释手，为了在自己的婚礼上能再穿这件礼服，我都怀疑她都不想再长高了，这一点倒是能让她打起精神。而我，不知道自己能不能原谅皇室逼着我两个孩子看这么残酷的场面，不过，你也知道小梅的适应能力有多强，我倒是比较担心你。尽快给我们写信吧。

还有一件事我想让你知道，虽然可能并不合适：当你往台上冲的时候，是我这辈子最为你感到骄傲的一刻。你很美丽，也很有天赋，而现在，我知道你的道德观也是完全没有问题的，你分得清对与错，而且你还会想尽办法去阻止错误的事情。作为一个父亲，对子女再无他求了。

我爱你，亚美利加，为你感到很骄傲。

爸爸

爸爸怎么总是知道说什么最好呢？我好想天上的星星能转述他的话，我需要又大又亮的星星照亮我心里黑暗的角落：我爱你，为你感到很骄傲。

精英等级今天可以选择在房间里用早餐，于是我就这么做了，现在我还没准备好面对麦克森。到了下午，我感觉稍微好点了，决定去女士空间待一会儿，不冲别的，单是那儿有一台电视机也能让我分一下神，现在我可是很需要这个。

当我走进门时，女孩们都露出了惊讶的表情，这点在我意料之中。以前我虽然曾想要躲开别人的目光，却不像现在这么迫切。塞莱斯特在沙发上悠闲地翻阅杂志。伊利亚国并没有别的国家那种纸质报纸，我们只有《报道》，而杂志就是最接近印刷新闻的东西了，不过像我这种等级的人们是买不起的。塞莱斯特好像总有一本在手，而今天，不知怎么搞的，这个场景让我有点烦躁。

克瑞斯和伊莉斯坐在桌前喝茶，纳塔莉站在后面的窗前向外望着。

“噢，看看。”塞莱斯特并没有专门对某个人说，“这是我另一组广告。”

塞莱斯特本来是个模特，而她这种翻阅自己照片的行为让我厌恶极了。

“亚美利加女士？”有人叫我，我转身看到王后和她的随从就在角落里，看起来她正在做女红。

我冲她行了屈膝礼，然后她招手让我过去。想到昨天的行为，我不禁感到胃里一紧，虽然我从没有想过要得罪她，但昨天那一闹可能恰恰造成了这种印象。我感觉其他女孩都在盯着我，因为王后一般都是针对整个群体说话，极少会单对单。

走近后我再次屈膝："陛下。"

"请坐，亚美利加女士。"她温和地说，示意我坐在她面前的空椅子上。

我顺从地坐下，非常紧张。

"你昨天反抗得够厉害的。"她评价道。

我咽了口唾沫："嗯，陛下。"

"你和她很亲近？"

我压抑住心里的悲伤："是的，陛下。"

她叹了口气："淑女不应该这样，幸好摄影机都专注于拍台上，没有拍到你的反应。不过，这并不代表你就可以这么冲动。"

这并不是一个王后的要求，而是一位母亲的谴责，这让我心里极其难受，就好像她对我的行为需要负责，而我，让她失望了。

我点了点头，头一次觉得自己的行为确实不太好。

她伸出一只手来放到我膝盖上，这么随意地一碰，让我惊讶地抬起了头。

"可是，"她轻轻地说，"我很高兴你那么做了。"她对我露出了微笑。

"她是我最好的朋友。"

"就算她离开了，这一点还是不会变的，甜心。"安伯莉王后安抚地拍了拍我的腿。

这是我现在最需要的，母亲般的关怀。

我眼睛湿润了。“我不知道该怎么办。”我喃喃自语，如果不是因为其他人都盯着我看，这一刻我会把心里所有的苦全都说出来。

“我跟自己说不能卷入其中。”她接着说，又叹了口气，“就算我想介入，我也不确定自己能说些什么。”

她说得对，有什么说辞能让已然发生的事情消失呢？

王后往我的方向倾了倾，不无可爱地说：“不过，别对他太狠了。”

我知道她是好意，但我真的不想讨论她儿子，所以我点点头，就站了起来。她温和地笑了笑，示意我可以离开，然后我便走到伊莉斯与克瑞斯那边。

“你还好吗？”伊莉斯充满同情地问。

“我还好，只是担心玛莉。”

“至少，他们能够在一起了。只要拥有对方，他们能坚持住的。”克瑞斯评价道。

“你怎么知道玛莉和卡特能在一起？”

“麦克森告诉我的。”她回答得像就所有人都应该知道似的。

“噢。”我有点失望。

“我不敢相信他没告诉你，因为你和玛莉最亲近啊，而且，你是他最喜欢的一个，不是吗？”她说。

我看了克瑞斯和伊莉斯一眼，她们的眼中除了关心，还有一种松了口气的情绪。

塞莱斯特笑了起来：“很明显她现在不是了啊。”她甚至连头都没抬，盯着杂志自言自语。看来大家对我的失宠丝毫不感意外。

我把话题转到玛莉身上：“我还是不能相信麦克森让他们受刑，而且还这么镇定地看着，太可怕了。”

“不过她的所作所为也是不对的。”纳塔莉说，语气中倒没有批判的意思，只有默默的接受，就好像她在服从一种指令。

伊莉斯也开口了：“他本来是可以让他们死的，法律赋予他这个权力，可是，他手下留情了。”

“留情？”我不以为然，“公然把人打得皮开肉绽是留了情？”

“考虑到各种情况，这的确是啊。”她接着说，“我敢打赌，如果我们能问一下玛莉，她肯定会选棍刑，而不是死刑。”

“伊莉斯说得对。”克瑞斯说，“我同意，这真的很可怕，可是，换作我也情愿受刑而不想死。”

“拜托！”我冷笑，快要压不住怒气了，“你是个第三等级，所有人都知道你父亲是有名的教授，而且，你只是出入于各种图书馆，能有什么不舒服的。你不可能熬得住这种打，更别说之后要作为第八等级活下去了，你一定更想死了算了。”

克瑞斯怒目相向：“不要以为你知道我能干什么，不能干什么。只因为你是第五等级的，你就认为你是唯一一个受过苦的？”

“不是，但我很确定，我经历的比你惨得多。”我的声音因为愤怒渐渐提高，“纵然如此，连我都受不了玛莉所经受的，我只是说，我怀疑你的承受能力是否比我强。”

“我比你所想的要勇敢得多，亚美利加。这些年来我所做出的牺牲是你无法想象的，如果我犯了错，我一定会自己承受后果。”

“但是，为什么要有后果呢？”我提出来，“麦克森不断提起，选妃这个过程是如何考验他，选一个有多么难，然后，我们其中一个爱上了别人，难道他不应该感谢她让他的选择变得容易一点吗？”

情绪不太好的纳塔莉试着插嘴：“昨天我听说了一件很有趣的事！”

“但是，法律上……”克瑞斯的声音盖过了她。

“亚美利加说得也有道理。”伊莉斯很快地反应，然后，原本有序的对话就崩溃了。

我们各顾各地说着自己的观点，解释我们分别认为对或错的理由，希望别人能听进去。尽管我刚来时就预感着终有一天会发生，这种情况倒是第一次发生。这么多女孩子在一起竞争，不可能完全没有冲突。

然后，在我们争吵的同时，塞莱斯特还是看自己的杂志，并说了一句：“这个婊子是罪有应得。”

接下去的沉默跟之前的争论一样紧张。

塞莱斯特抬头看我们时，我冲过去，扑到她身上的同时她发出了声尖叫。然后我们一起打翻了咖啡桌，我听见有东西掉到地上摔碎，应该是个杯子。

在扑向塞莱斯特的途中我就闭上了眼，再睁眼时她已经在我身下，想要抓住我的手腕，我举起右手毫不留情地给了她一个大嘴巴，掌心火辣辣的。可单是打下去那清脆的一响，就让我觉得很值。

塞莱斯特立刻尖叫起来，开始挠我，我第一次后悔自己没有像别的女孩一样留指甲。她在我的手臂上抓了几道印，可算是火上浇油，逼我再一次抽她，而这一次，我打破了她的嘴角。接着她随手抓起了一样东西，应该是那个茶杯的小托盘，直接就往我脑门上砸。

这一击之后，我又想再扑回去，但已经有人过来把我们拉开。刚才在气头上，根本没注意到有人去喊警卫了。我对拉我的人也挥起了狠手，再也受不了如此粗鲁的压制了。

“你们都看见她干了些什么吧？”她大喊。

“闭上你的嘴！”我尖叫，“不许你再说玛莉！”

“她就是个疯子！你们听见没有？你们看见没有？”

“放开我！”我努力想挣脱警卫。

“你这个疯子！我现在就去找麦克森，你马上就可以和皇宫告别了！”她威胁我。

“现在谁也不许去见麦克森。”王后很严厉地说，她看着塞莱斯特的眼睛，然后转过来看我，明显对我们的表现很失望。我捂着额头，“你们两个现在给我去医务室。”

医务室是一个长条形的房间，一排病床靠着一边的墙，一尘不染。每张病床四周都挂着帘子，让大家略微有点隐私。房间各处都摆放着药品柜。

他们很聪明地把我和塞莱斯特安排到房间的两头，她那头接近门口，而我这头靠近后面的窗户。她刚到就把帘子拉上了，不想看见我。这我倒是不怪她，因为我脸上全是得意扬扬的表情。就算护士给我脑袋上的伤口上药，我也没有露出痛苦的表情。

“好了，现在扶着这包冰，它会帮你消肿。”护士说。

“谢谢。”我回答。

她快速地四处环顾，好像要确保没人听见我们的对话。“你是好样儿的。”她轻声说，“这儿几乎所有人都在等这件事发生呢。”

“真的吗？”我同样轻声问，或许我不应该笑那么厉害。

“关于那一位的恐怖故事，我数都数不过来。”她往塞莱斯特病床的方向示意。

“恐怖故事？”

“嗯，她不是故意刺激那个打她的女孩子的嘛。”

“安妮？你怎么知道的？”

“麦克森是个好人。”她简单地说，“送她回家之前，他确保她身体没问题才让她走的。所以她告诉了我们塞莱斯特是如何说她父母的，实在太肮脏了，我都无法重复那些话。”她脸上写满了厌恶。

“可怜的安妮，我就猜到肯定是这样的。”

“有一天晚上，还有一个女孩来了，她的鞋子里被人放了玻璃，脚被扎流血了。我们倒没有证据证明是塞莱斯特干的，可会有谁做得出这种刻薄的事呢？”

“我没听说过这事。”我吸了一口气。

“那个女孩子看起来受到很大的惊吓，估计是怕受到更大的迫害，所以才什么都不说。而且，塞莱斯特还动手打侍女，虽然只是用手打，但她们会时不时来这儿要冰块。”

“不会吧！”我见过的所有侍女都是非常甜美的女孩子，无法想象她们究竟做了些什么，会招致这种对待。

“我只是想说，你的行动已经传开了，在这儿你是我们的英雄。”护士向我眨了眨眼。

可我并没有英雄的感觉。

“等等。”我突然反应过来，“你说麦克森让安妮来做完检查才走的？”

“是的，小姐。他非常注重你们有没有受到最好的照顾。”

“那玛莉呢？她被送来了吗？她离开时是什么情况？”

在护士回答之前，塞莱斯特那让人烦躁的声音在安静的屋子里响起。

“麦克森，亲爱的！”他刚走进门就被她喊住了。

在他朝塞莱斯特走过去之前，我和他的视线匆匆相对。护士走开了，以致我无法得知她究竟有没有见过玛莉。

塞莱斯特那造作的声线实在是让我烦透了。麦克森轻声地慰问了她，在摆脱她之前还好好安慰了一番。他从她的帘子后面走出来，眼睛就一直盯着我，好像走过这个房间要耗尽他所有的力气。

“你很幸运，我父亲现在不让摄影机进皇宫了，不然你要为自己的行为付出很大的代价。”他有点恼怒地挠着自己的头，“你说我该怎么为你辩护，亚美利加？”

“那你是要赶我出局喽？”我一边玩着裙角儿，一边等他的答案。

“当然不。”

“那么她呢？”我往塞莱斯特的方向点了点头。

“也不。你昨天受了很大的刺激，所以我不怪你，但我不能保证我父亲会接受这个解释。不过这是我打算告诉他的话。”

我顿了一下："也许你应该告诉他，这就是我的错。或许，你该让我回家。"

"亚美利加，你反应过激了。"

"看着我，麦克森。"我请求，我感觉自己马上要哭出来了，努力想去压下它，"从一开始我就知道，我没有成为王妃的条件，但我以为自己可以改变，又或者，找个方法来让这件事变得有可能。但我现在真的不能留下来了，真的不能。"

麦克森走到我的床边："亚美利加，或许你讨厌选妃，也对发生在玛莉身上的事情感到愤怒，但我知道，你对我是在乎的，不会就这么把我扔在这儿。"

我主动拉住他的手："就是因为在乎你，我才要告诉你，你正在犯一个大错。"

他紧紧地握住我的手，好像要把将要消失的我留住。我能从他脸上看出痛苦，他犹豫地俯身跟我耳语："不会总是这么难，而我很想向你证明，可你得给我时间。我能证明这儿能有美好的事情，但你需要耐心一点。"

我吸了一口气想要反对，但他打断了我："几个星期了，亚美利加，你向我要求更多的时间，而我因为对你有心，毫不犹豫就答应了。现在请你也答应我，我需要一点信心。"

我不知道麦克森用什么来改变我的心意，但他能给我时间，我怎么能不给他时间呢？

我叹口气："好吧。"

"谢谢。"他明显松了口气，"我要走了，不过会尽快回来看你的。"

我点点头。麦克森站起身往外走，在塞莱斯特床边停下同她道别。看着他离去的身影，我不知道选择信任他是不是个错误的决定。

THE ELITE

第十二章

塞莱斯特和我受的都是小伤，因而一个小时之后，我们就被送回自己的房间了。他们错开了我们回去的时间，所以路上我们不会碰到，谢天谢地。

爬上二楼，走到转角时，我看见迎面走来一名警卫，是艾斯本。虽然经过训练的他比以前强壮了很多，可是那步伐和背影已经深深地刻进我脑海，不可能认不出来。

他走近时很多余地向我鞠了一躬。

“瓶子。”他轻轻说，然后就直起身继续前行。

我站在那儿愣了半秒，然后才想明白他是什么意思。忍住想跑的冲动，我急促地向房间走。

打开房门，我又惊讶又松了口气，我那三个侍女居然都不在。

走到床边桌前拿起瓶子，我发现里面那个一分钱现在有了伴儿，然后打开瓶盖把字条拿了出来。他真聪明，放在这儿的话，侍女们应该是不会发现的，就算她们留意到了，也不会私自拿出来看。

打开字条，上面写着很清晰的指引。看来，我和艾斯本今晚有个约会。

艾斯本的指引其实很复杂，需要走很多弯路才到楼下一层。然后我去找一只有五英尺高的花瓶旁边的门，记得上次闲逛时曾看到过这个花瓶。世界上有什么花需要这么大个儿的花瓶呢？

找到了那扇门，还得四下看看有没有人看见了我，在皇宫中，这好像是第一次能够躲开警卫的视线，一路上居然一个都没见到。我轻轻地打开门进去，里面只有窗外照进来的月光，比较暗，我有点儿紧张。

“艾斯本？”我冲着黑暗轻声呼唤，觉得又害怕又愚蠢。

“很像以前的感觉吧，嗯？”虽然看不见他，但这是他的声音。

“你在哪儿？”我眯着眼看。接着，窗边厚重的窗帘在月光中晃动了一下，艾斯本从后面走了出来。

“你吓死我了。”我开玩笑地抱怨。

“这不是第一次，也不会是最后一次。”我听得见他声音中的笑意。

我走到他面前，一路上好像撞到了不少东西。

“嘘！”他抱怨，“你要是接着撞，整个皇宫都要知道我们在这儿了。”但我知道他不过是在开玩笑。

“对不起啦。”我压低声音地笑，“我们不能开灯吗？”

“不能，如果有人看见门缝里有灯光，我们就有可能被抓住。

他们不是经常检查这边的走廊，但还是要谨慎一点儿。”

“你是怎么知道这个房间的？”我伸出手来，终于抓住了艾斯本的手臂。他把我拉进怀中，然后扶着我走到深处的角落里。

“我是警卫啊。”他简单地说，“而且，这份工作我很擅长，对皇宫的每一寸我都了如指掌，包括每一条通道、每一个藏身处，连同大部分密室。同时，我又了解警卫们的值班表，以及什么区域是检查最少的，或者哪个时间段站岗的警卫最少。如果你想在皇宫里躲猫猫的话，我肯定是最合适的领路人。”

“不可思议。”我喃喃自语。我们坐在一张沙发的靠背上，前面的地上洒下一片月光。我终于能够看清艾斯本的脸了。

我严肃地问：“你确定这儿安全？”如果他有半点犹豫，我准备随时拔脚就走。这可是为了我们俩的安全。

“亚美，相信我。要是有人能在这儿发现我们的话，首先要发生很多不太可能的事，所以，我们很安全。”

虽然我还是担心，但同时又很需要安慰，因此只能信他。

他一只胳膊把我搂近一点：“你感觉好点了没？”

我叹口气：“我想还好吧。常常感到悲伤和愤怒。我最想做的是，回到两天前，让我保住玛莉，还有卡特，我甚至不认识他。”

“我认识。”他叹气，“他是个很好的小伙儿。我听见整个过程中他都在跟玛莉说他有多爱她，努力帮她挺住。”

“的确是。”我肯定了这个说法，“至少一开始是这样的，然后在结束之前我就被拖走了。”

艾斯本亲了一下我头顶：“是啊，我也听说了。你为此而战了，让我感到很骄傲，这才是我的好姑娘。”

“我爸爸也为我感到骄傲。王后说我不应该那么办，可是她很高兴我那么干了，让我有点困惑。就好像是说，那似乎是个好主意，可又不是真正的好主意，而且，也没有起到任何作用。”

艾斯本把我抱得紧了点：“那是好事，对我来说很重要。”

“对你来说？”

他叹口气：“有时候我会想，这个选妃有没有改变你。现在你拥有的东西都很精致，被照顾得无微不至，所以我一直在想，你还是不是原来那个亚美利加。昨天的事情让我知道，你还是你，他们并没有改变你。”

“噢，他们倒是让我厌烦极了，这个地方主要是常常让我想到，我并不是天生就能做王妃的料子。”

我把脸埋进了艾斯本的胸膛，这是每当我难受时最感安心的地方。

“听着，亚美，麦克森的问题是，他就是个演员，永远装出一脸的完美相，就像什么事情都影响不了他。但他只不过是个凡人，和其他人一样，是有缺陷的。我知道你在乎他，不然你也不会留在这儿，但你现在必须要明白，这是不真实的。”

我点头，想起麦克森那番关于要表现得镇定的话。那不是他一直在做的事吗？他和我在一起时，是不是也在演？我又怎能分得清真伪呢？

艾斯本接着说：“你最好现在就看清楚。否则，婚后你才发现是这样就迟了。”

“我明白，我自己也一直在想这个问题。”麦克森在舞池里跟我说的话，现在不断地在脑海里回放。他看起来那么确信我们有未来，也准备好为我付出很多，所以我真心地相信，他唯一的想法就是要让我快乐。难道他现在看不见我有多不快乐吗？

“你的心是很宽容的，亚美。我知道你不可能马上放下一些事，但想去放下也未尝不可，就只是这样。”

“我觉得自己太傻了。”我轻轻地说，想要哭出来。

“你才不傻。”

“我是的。”

“亚美，你认为我聪明吗？

“当然了。”

“我真的很聪明，所以我不可能爱一个傻子。那么，现在你可以确定你不傻了？”

我无声地笑了，让艾斯本紧紧抱住我。

“我觉得自己把你伤得不轻，不明白你为什么还能爱我。”我坦白。

他耸了耸肩：“这就是自然而然的，就像天空是蓝的，太阳会发光一样，艾斯本永远都会爱亚美利加。这是上天安排好的，说真的，亚美，你是我唯一想要的女孩，根本无法想象和别的任何人在一起。我一直想给自己一个心理准备，万一……但我真的无法想象。”

我们就坐在那儿沉默地拥抱了片刻。艾斯本的每个指尖，还有他在我头发上的呼吸，都是安慰我受伤心灵的良药。

“我们不能再待了。”他说，“虽然我对自己的能力很有信心，但不想做得太过分。”

我叹口气，因为感觉我们才刚到不久，但他是对的。我站起身来，艾斯本拉了我一把，把我搂进怀里紧紧地抱了一下。

“我知道你很难相信，但我真的抱歉麦克森居然是这么一个人。我想让你回到我身边，可是并不想让你受到伤害，尤其不希望是这种伤害。”

“谢谢你。”

“我说真的。”

“我知道。”艾斯本有他的缺点，但他绝不会撒谎，“但是只要我在这儿一天，都不能算是结束。”

“是，可是我也懂你，你会为了家里能拿补助，以及能见到我而留下。但他要让你回心转意的话，可得时光倒流了。”

我长长地叹了口气，看来他也许是对的。麦克森对我的影响渐渐变弱，就像一件外套从我肩上滑落一样。

“不用担心，亚美，我会把你照顾好的。”

艾斯本在这一刻没有办法去证明他一定能做到，可我就是相信他。他会为所爱的人做任何事情，而我一点儿都不怀疑，我是他最爱的人。

第二天早晨起来，无论是在梳洗的过程中，还是后来的早餐和在女士空间的时间，我都一直在想艾斯本。直到看清桌上那一堆资料，我几乎感觉不到现实世界。

抬起头时，我看到塞莱斯特还是噘着一张嘴，向我示意桌上摊开的一本八卦杂志，瞬间我就认出那是玛莉的脸，尽管那脸上写满的都是痛苦。

虽然我不太明白她是什么意思，但我太渴望知道玛莉的消息了，所以马上读了起来。

我们国家所有美好的传统之中，估计只有选妃是最受重视、最让大家兴奋的了。保持这个传统，是为了给一个悲伤的国家鼓气，因为当大家目睹一个王子和他未来的王妃展开一段伟大的爱情之时，所有人都会暂时忘却苦难。八十年前当格雷戈里·伊利亚坐上皇位时，他的大儿子斯宾塞突然身亡，全国都为这个有着大好前途的年轻人哀悼。而他年轻的儿子达蒙继承王位时，很多人都怀疑一个才十八岁的小青年有没有治理一个国家所需要的能力。但是，达蒙知道他要马上成为大人，而且准备通过一生中最重要的承诺来证明他的决心：婚姻。几个月之内，选妃活动就诞生了，而全国人民的士气，因为一个平民女孩能成为伊利亚国第一位王妃的可能性大大地提振了。

可是，自从我们习惯性地举行这场竞选以来，没有人想到，如此浪漫的一个主意，对有些人来说是不公平的，因为王子要娶一位地位比他低的女性。尽管，没有人能否定我们现任的安伯莉王后真的非常美丽庄重。有些人还记得关于艾比·坦布林·伊利亚毒害了她的丈夫贾斯汀·伊利亚王子的传闻吧？他们才结婚没几年，然后，她同意改嫁给他的表弟，波特·斯威夫特，才把皇室血脉保存了下来。

虽然那是一件没有被证实的传闻，但我们可以明确地说，这一届候选人搞出来的事情太伤风败俗了。被降为第八等级的玛莉·谭斯在被誉为选妃活动中最亮眼的万圣节舞会后，居然被发现在一个暗柜里和一名警卫在接吻！这个庆典的欢乐被谭斯小姐自私的行为破坏了，第二天一早就害得皇宫上下鸡犬不宁。

除了谭斯小姐不可原谅的行为，其他留在宫中的女孩也不是什么优质人选。一位不愿意透露姓名的知情人士告诉我们，精英等级的女士们常常争吵，对自己分内要做的工作却不怎么努力。大家还记得九月初时，安妮·华莫尔因为动手打了从克莱蒙特来的美丽模特塞莱斯特·纽萨姆而被送走的事吧。消息说，这并不是精英等级之间唯一一次动手事件，这让我们不得不怀疑为麦克森王子选的这群女孩子的素质。

当被问及对这些传闻的看法，克拉克森国王只是说："有一些女孩出身比较低，所以不习惯皇宫里的行为规则。很明显，谭斯小姐并不适合成为第一等级。我的妻子有一种特别不可思议的品质，是比较低等级的人民里很少会出现的特例，而且，她总是努力提升自己作为王后的素质，要找到一个比她更适合这个王位的女士，实在是很困难的。至于目前选妃中留下来的低等级女士，她们的表现倒没有出乎我们的意料。"

虽然纳塔莉·路卡和伊莉斯·伟斯基都是第四等级，但她们出现在公众面前时都是非常优雅的，尤其伊莉斯是位品味高尚的女士。我们不得不猜测，国王暗示的人是目前唯一留在选妃中的第五等级，亚美利加·辛格。她虽然是挺漂亮的，可并不是伊利亚国需要的王妃料子。尽管她在《首都报道》上的访谈挺有意思的，可我们需要一个新领袖，而不是一位喜剧演员。

更让人不安的消息是，听说辛格小姐想尽办法解救要受刑的谭斯小姐，让记者不得不把她看成谭斯小姐对王子不忠事件的同谋。

发生了这么多事后（现在谭斯小姐从大热门中消失了），留下一个大问题：谁最适合成为下一位王妃？

我们的读者反馈确认了大家一直以来的怀疑。

让我们恭喜塞莱斯特·纽萨姆小姐和克瑞斯·安柏小姐，她们得到的投票是最高的，比例相当。伊莉斯·伟斯基是第三位，纳塔莉·路卡在她后面离得不远。而第四和第五之间的得票差得非常远，亚美利加·辛格（毫无悬念地）排到了最后。

我必须代表伊利亚的人民奉劝麦克森王子，在选妃一事上一定要慎重再三，谭斯小姐的事已经让我们后怕，差点儿没把她选成王妃。无论你爱的是谁，麦克森王子，请确保她值得你爱。我们也希望爱你所爱！

THE ELITE

第十三章

我从房间里跑了出去，塞莱斯特当然不是在帮我，而是让我看清自己的位置。我为什么还要烦恼这件事呢？国王希望我出局，公众又不想要我，而我也确定自己没法儿成为一位好王妃。

我悄悄地快步走回楼上，尽量不引起任何人的注意，谁又知道那本杂志上不愿透露名字的知情人是谁呢。

“我的小姐，”我走进门时安妮有点惊讶，“我以为你肯定会在楼下吃午饭呢。”

“你们先出去，好吗？”

“不好意思？”

我有点生气，但努力压着不发火：“我想静一下，拜托了？”

她们默默地行了屈膝礼后就离去了。我走到钢琴面前，打算用音乐来分散自己的注意力。弹了几首倒背如流的曲子，那实在是太容易了，我需要更让自己集中精神的事情。

我站起来翻那堆乐谱，想找难度高点的来练，翻了几页就看见藏在下面的书角。那是伊利亚的日记！我已经完全忘记它在这儿了，这倒是个很不错的换脑子的方法。我把书拿到床边，坐下，郑重地打开，指尖享受着这些古老的纸张的触感。

打开的日记本就是有着万圣节照片那一页，这张照片就像张书签一样，所以我又读了读这页的文字。

今年，小朋友们举办了一个派对庆祝万圣节，我想这是忘记身边正在发生的事情的一种方法吧，尽管我个人觉得太孩子气了。我们是为数不多还有钱搞庆祝的家庭，但这种孩子的玩意儿实在有点浪费。

我重新审视这张照片，现在焦点放在上面的女孩身上。她有多大？是干什么的呢？她喜欢做格雷戈里·伊利亚的女儿吗？这个身份让她很受欢迎吗？

翻到后一页，我才知道这不是另一篇日记，而是关于万圣节的同一篇记录的后续。

我以为C国入侵我国之后，我们就会看清自己身上的问题。尤其是最近一段时间，我看得越来越清，我们变得有多么懒惰。真的，为此我毫不惊讶，为什么C国如此轻易就成功入侵，而我们又为什么花了那么长时间才准备好反抗。我们已经失去那种鼓动人们漂洋过海、熬过艰难冬季以及内战的毅力了。我们变懒了，而由我们放松那一刻起，C国就趁机崛起了。

尤其是过去几个月的时间里，我总觉得只给军队捐钱是不够的，我想去领导大家，我有很多点子。因为我已经慷慨地捐助，或许现在是提出参与决策的好时机。我们需要的是改变，而我很难不这么想，或许我是唯一一个能证明改变有多么重要的人。

我浑身打了个冷战，实在没法儿不拿麦克森和他的先祖进行比较。格雷戈里·伊利亚的记录看起来真的很有热情和启发，他努力要修补这个破碎的国度。他今天要是在的话，对目前的君主政体会说些什么呢。

那天晚上，当艾斯本打开我的房门时，我差一点儿冲口而出，把日记本上读到的内容告诉他，可我又想起来，我已经跟爸爸提过这本日记的存在，而这本身就已经打破了我的誓言。

“你还好吗？”他跪到我的床边说。

“还好吧，我想。塞莱斯特今天给我看了一篇文章。”我摇了摇头，“不过我不太想说这件事，实在是烦透她了。”

“现在玛莉走了，我猜，他一时半会儿不会让任何人回家了吧？”

我摇了摇头表示不清楚。我只知道群众期待着下一轮淘汰，而发生在玛莉身上的事比任何人期待的都要戏剧化。

“嗨，”他在房门敞开的情况之下冒险地摸了我一下，“一切都会变好的。”

“我知道。我只是想念她，而且我也感到很混乱。”

“什么很混乱？”

“所有的事。比如我在这儿干吗，我又是谁。我以为我知道这些问题的答案……我甚至不知怎么解释才好。”看来这就是最近的问题吧，每一个通过我脑海的想法都是不成形的，没办法想清楚。

“我了解你是什么人啊，亚美，不要让他们改变你。”他的声音中充满了真诚，那一刻我突然很确信，不是因为我想明白了，而是因为我有艾斯本。就算我真的迷失了方向，我也知道他会在那儿指引回家的方向。

“艾斯本，我可以问你一个问题吗？”他点点头，“这问题可能有点儿怪，不过，如果成为王妃并不等同于要嫁给一个人，如果这只是一份工作，你觉得我能胜任吗？”

艾斯本碧绿的双眼瞪圆了一秒，尝试理解这个问题的重要性。我能感到他很认真地思考这种可能性。

“抱歉，亚美。我想象不出来你能胜任。你根本没她们那么有心计啊。”他表现得为我惋惜，不过，我倒不认为他的判断出乎我的意料，但对他的理由倒是有一点惊讶。”

“心计？怎么说？”

他叹口气：“我几乎无处不在，亚美。我能听到很多事情，在南部，很多低等级人民聚集的地方有动乱，年长一点的警卫跟我说，那些人从来都没有服过伊利亚的执政方针，那一带总是有动乱。还有传闻说，这一点也是为什么王后对国王来说那么有吸引力，因为她就来自于南部，所以她成为王后让那儿的人民高兴了一阵子，不过现在已经没什么用了。”

我又想到日记本的事，但忍住没说：“但这也不能解释你说的心计啊。”

他迟疑了一下：“万圣节前，我在其中一间办公室里值班，他们在谈论南部那些同情反叛分子的人们，而他们派我护送一堆信函去邮局，亚美利加，总共有三百封信呢，那代表有三百个家庭因为不举报某些事，又或是帮助了皇宫认为是危险分子的人，就被降低一个等级。”

我倒吸了一口冷气。

“是啊，你能想象吗？如果这人是你呢，而你唯一的技能只是弹琴，突然你就得改去做文员的工作？你又如何能找到工作呢？这还不够明显吗？”

我点点头：“……麦克森知道吗？”

“我想他一定知道吧，他离自己亲手打理国事的日子也不远了。”

我内心不愿意接受他会同意这种事情，但看起来他又不可能不知情，而且，他肯定要跟大家保持一致才行。

我做得到吗？

“别告诉任何人，好吗？要是被人发现我传了话出去，可是得丢饭碗的。”艾斯本警告。

“当然，我已经不记得了啊。”

艾斯本对我微笑：“好想念以前和你在一起的时光，远离这一切的时光。我也想念我们当时的烦恼。”

我笑：“我明白你的意思，从我的窗户爬出去，比在皇宫里躲躲藏藏要容易多了。”

“而努力找到给你的一分钱硬币，比什么都不能给你要强。”他点了点我床头的小玻璃瓶，那个曾经装满了他给我的一分钱的瓶子，那都是他认为必须要给我的表演酬劳，“在你离开的那一天，我才知道你把它们都存起来了。”

“我当然存起来啊！当你不在我身边时，它们就是支撑我的力量来源。有些时候，我会把它们全都散在床上，只是为了把玩一下，摸一摸你触碰过的东西。”我们四目双对，此刻身边的所有东西都显得很遥远。那个让我感到特别安心的空间，是艾斯本和我用了几年时间建立的，能再置身其中，一时之间让我忘却了烦恼，“你把我还给你的钱币怎么处理了？”

离开时我愤怒地把钱币都还给了他，除了这个粘在底部不肯下来的留了下来。

他微笑：“它们在家等着呢。”

“为什么？”

他两眼发亮：“我不能说。”

我苦笑着叹口气：“好吧，守住你的小秘密，不过不要担心给不了我什么，你只要在这儿就是我最大的快乐，尽管和以前很不一样了，但你和我至少可以修补我们之间的关系。”

但对艾斯本来说，这一点是不够的。他一挥手撕下了袖口上的金纽扣：“我真的没有什么东西可以给你，所以，请你拿着这个吧，这个我摸过的东西，好让你看到时能想起我来，而且，也让你记得我也在想你。”

虽然是个有点儿傻气的行为，却让我想哭。很难避免去比较艾斯本和麦克森，这几乎就像一种本能，就算现在，我还是要把他们放在同一个天平上比较。

对麦克森来说，貌似要给我什么都很容易，无论是为了我恢复一个节日，还是确保给我的东西都是最好的。那是因为他的身份地位让他可以随手得到这些东西。而在这儿的艾斯本，虽然给我的只是偷偷摸摸相处的时光，给我一些毫不起眼的小玩意儿，却让我觉得他为我的付出大得多。

我突然想起，艾斯本由始至终都是这样的。他为我牺牲睡眠，冒着违反宵禁条例的危险来找我，还为我攒着那些硬币。艾斯本的付出因为不像麦克森随手一挥就那么隆重，所以显不出来，但他为我所做的一切背后却有着更大的诚意。

我吸了吸鼻子忍住要哭出的冲动："现在我真的不知道怎么做才是对的了，我觉得自己什么都想不清楚。我……我还没有忘记你，明白吗？感情还在。"

我一只手放在自己胸口，一方面想让艾斯本明白我的心意，另一方面是安抚自己胸中那股奇怪的痛楚。他是明白的。

"对我来说，这就够了。"

THE ELITE

第十四章

在第二天的早餐上，我不时偷偷地观察麦克森，琢磨着他对南部人民被降等级的事情知道多少。全程他只往我的方向看过一眼，但好像并不是在看我，而是看我附近的什么东西。

每一个觉得不自在的时刻，我都摸一摸缝在自己手腕丝带里的纽扣。艾斯本会帮我熬过这段时光的。

早餐结束时，国王起身，我们的注意力都在他身上时，他说："现在，你们的人数不多了，所以，我想，明晚直播《报道》之前，我们可以一起喝茶。你们之中会有一位将成为我们的王妃，王后和我都想找机会多和你们交流，了解你们的兴趣。"

我有点儿紧张，和王后一起是一回事，但我不知道该怎样和国王相处。其他女孩都用一种渴望的眼光望着他，而我只是喝了一口杯中的果汁。

"请提早一小时到一层的会客室。如果不知道在哪儿，你也不用担心，到时候门会开着，音乐声会传出的，走近之前就会先听见我们在哪儿了。”他轻笑，其他人也都轻快地笑了。

紧接着女孩子们就往女士空间走去。我叹了口气，那么大一间的屋子，有时候却让人觉得透不过气来。在那儿我一般会跟别人说话，又或者是阅读。但今天将是塞莱斯特的主场，所以我只打算坐在电视机前神游。

说得容易实现难。今天女孩们好像特别有说话的兴致。

“不知道国王想知道关于我们的什么事。”克瑞斯简直喋喋不休。

“我们只需谨记西尔维亚教我们的所有礼仪。”伊莉斯回应道。

“我希望我的侍女们能为明晚的场合制作一件好礼服，别让我又重新经历万圣节那次的事。她们有时候真是太丢三落四了。”塞莱斯特貌似不太高兴。

“我真希望国王能蓄起胡子。”纳塔莉声音里有点儿渴望，我留意到她正在摸自己下巴，就好像那儿有胡子，“我觉得他有胡子会很有魅力。”

“是的，我也这么觉得。”克瑞斯走进来的同时优雅地说。

我摇摇头，努力把注意力集中在正在播的电视节目上，可无论我怎样努力，还是没办法把其他人的话屏蔽掉。

到了中午时分，我的神经已经紧绷得要断了。他会对我说什么呢？我，留下来的最低等级的唯一一个，对这个他几乎不抱任何期待的女孩来说，他要聊什么呢？

克拉克森国王说得没错，我下到一层就听见音乐了，那儿离会客室还有一段距离呢。正在演奏的乐手很不错，至少肯定要比我高明。

走进去之前我犹豫了一下，决定在开口前好好想清每个字才说出口。我知道自己很想去证明他是错的，那个记者也是错的。就算最后我输了，我也不想以一个失败者的身份回家。突然之间这件事对我来说变得如此重要，自己也始料不及。

走进房间，我第一眼就看到麦克森和加夫里尔·法德正在房间的另一头说话，加夫里尔喝的并不是茶，而是葡萄酒，而且那一瞬间他失去了麦克森的注意力。麦克森的注意力转到刚进来的我身上，而且我发誓我看到他的嘴型是惊叹出声了。

我脸红了，转过头往别的方向走，再偷偷看他一眼时，发现他还在盯着走动的我。他用这种眼神看我时，我很难用理智思考。

克拉克森国王正在角落里和纳塔莉说话，而安伯莉王后在另一边和塞莱斯特说话。伊莉斯在喝茶，而克瑞斯正在满屋子转，经过麦克森和加夫里尔身边，她冲着加夫里尔热情一笑，又说了些什么，让两位男士都笑出声来，然后就走开了，却频频回头看麦克森。

然后她朝我走过来。“你迟到了。”她开玩笑地训斥。

“我有点儿紧张。”

“噢，没什么好担心的，实际上还挺有意思的。”

“你已经聊过了？”如果国王已经和两位聊过了，那么我能思考的时间比我想象的要少得多。

“是的，跟我坐会儿吧，边等边喝杯茶。”

克瑞斯把我拉到一张桌前，马上就有侍女过来，在我们跟前放好茶、牛奶和糖。

“他问你什么了？”我追问。

“其实就是普通聊天，我不认为他想从我身上了解什么具体的信息，感觉更像是他想了解一下我们的性格。我还让他笑出来过！”她滔滔不绝地说，“感觉很棒的，而且，你本来就很有幽默感，所以你只要保持平常的说话方式，就没问题啦。”

我点头并端起桌上的茶。她说得云淡风轻。或许，国王是个分裂的人，面对国家大事时，他就冷酷、决断，反应快速准确，如果只是和一群女孩喝茶，那大可不必拿出同样的阵势来对付她们。

王后已经和塞莱斯特聊完了，现在轮到纳塔莉。纳塔莉一脸崇拜的表情，之前有一段时间我挺不喜欢她这种少女式的表现，但她其实挺单纯的，这点很难得。

我又喝了口茶。克拉克森国王走到塞莱斯特面前，她露出一个诱惑的笑，让人觉得有点儿恶心。这个人究竟有没有底线啊？

克瑞斯俯身过来摸我身上的裙子：“这个料子太神奇了，衬上你的发色，你看起来就像日落那么美。”

“谢谢你。”她脖子上银饰的反光，正好照到了我的眼睛，害我眨了一会儿眼才适应，“我的侍女们都很有天分。”

“当然啊。我也喜欢我的侍女们，不过如果我成为王妃，一定要把你的侍女们抢过来！”

她笑出来，但这句话可不一定是开玩笑。无论如何，想到我的侍女们要给她做衣服，我心里很不舒服。但我还是挤出了一个笑。

“什么事情这么好笑？”麦克森走过来问我们。

“女孩子的悄悄话而已。”克瑞斯挑逗地说，今晚她兴致真是挺高的，“我刚才正在安慰亚美利加呢，要跟你父亲说话让她有点紧张。”

克瑞斯，谢谢你出卖我。

“你什么都不用担心啊，自然一点，你的状态已经很好了。”麦克森冲我一笑，很明显在努力恢复我们之间的沟通。

“我就是这么说的！”克瑞斯惊呼，然后他们对看了一眼，就好像他们才是同一个阵营的，让人感觉怪怪的。

“嗯，那我还是不打扰你们的悄悄话了。”麦克森向我们轻轻地鞠了个躬就往他母亲的方向走过去。

我看着房间里大家的活动，三三两两地聚在一起说一会儿，然后又分开来找别的搭档。伊莉斯过来加入我们时我还挺高兴的，虽然她的话并不多。

“噢，女士们，时间过得太快了。”国王对我们所有人说，“我们该去直播室了。”

我抬头看一下钟，他是对的，我们只有十分钟下去并做好准备。

至于我对成为王妃是怎么想的，我对麦克森有什么感觉，又或是我对任何事情的想法，都无关紧要，国王明显认为我根本不可能成为王妃，他甚至不会花时间和我说话。我被排除在外了，这可能是故意的，但没有人留意到这一点。

我挺过了整个《报道》的直播，坚持到让侍女们离去，直到独处的那一刻，我崩溃了。

我不知道麦克森来敲我的门时我怎么解释，可是那也无所谓了，因为他根本没有来。而我不得不去想，那时他究竟和谁在一起。

THE ELITE

第十五章

我的侍女们真是老天爷给我的赏赐，她们看到我红肿的双眼和布满泪痕的枕头，什么都没问，只是帮我振作起来。这一刻我让自己放松领受她们的服侍，心存感恩。她们对我太好了，如果克瑞斯成了王妃把她们要走，她们也会对她那么好吗？

我心里在挣扎的同时也在观察她们，意外地发现她们也有点儿不对劲儿。玛丽除了有点担心之外几乎是看起来最正常的，安妮和露西却像故意逃避对方的眼神似的，而且也刻意减少对话。

我无法去猜发生了什么事，而且也不知道该不该开口问。她们从来没有打扰过我的悲伤或愤怒，所以我想，我得这样回报她们。

她们正在给我梳头更衣，之后我就要去女士空间待一天了，这个沉默的过程我努力不多想，不过心里还是很想穿上麦克森送给我的裤子，但现在这种情况之下，那并不是个好主意。如果要下楼，最好还是表现得淑女一些。这种努力总也值点儿同情分吧。

我准备在女士空间喝茶看书过又一天的同时，大家都在聊前一天晚上的事。准确来说是除了塞莱斯特以外的大家，因为她还是更喜欢看杂志上的八卦。不知她手上正看的那本杂志上有写任何关于我的八卦吗。

当西尔维亚抱着一堆材料进来时，我正在纠结要不要抢过她手中的杂志。好吧，又是更多的工作。

“早上好啊，姑娘们！”西尔维亚轻快地哼出调子来，“依平常而言，周六是你们会客的日子，但是今天，王后和我有一个特别任务要交给你们。”

“是的，”王后向我们走来，“这件事是临时安排的。下周我们将有重要访客，他们会在全国各地参观，然后来皇宫见见你们。”

“你们也知道，一般来说，由王后负责接待重要访客，你们也看到她是如何优雅地接待了斯文伟国的贵客吧。”西尔维亚冲安伯利王后示意，她回以端庄的微笑。

“不过，从德国联邦和意大利来的访客比斯文伟国的皇室还要重要，尤其在近年来我国越来越重视外交的情况下。我们认为此次探访对你们来说是个很好的练习机会。你们会分成两组，分别给客人们准备一次接待会，包括晚宴、娱乐和礼物等环节。”西尔维亚解释道。

在她说下去的同时，我深吸了一口气。

“对我国来说，不单要保持好和现有邦国的关系，还很需要同其他国家建立邦交。我们会告诉你们与这些客人互动需要注意的礼仪和禁忌，不过，实际的执行就完全交给你们喽。”

“我们想要尽量的公平公正。”王后接着说，“我觉得我们努力把你们放在同一个起跑线上了。塞莱斯特、纳塔莉和伊莉斯，你们三个负责一次接待会。克瑞斯和亚美利加，你们负责另一个，因为你们少了一个人，所以你们会有多一天的时间做准备。德国联邦的访客会在周三来访，意大利访客则在周四。”

听到这个消息后我们都沉默了半刻。

“你是说我们有四天的时间？”塞莱斯特尖声问道。

“是的。”西尔维亚说，“王后可是只有一个人承担，而且有时候准备时间更短。”

大家的紧张和慌乱全写在了脸上。

“麻烦您，我们可以拿资料了吗？”克瑞斯直觉地伸出手要准备材料，几秒钟后我们就投入到仔细阅读之中。

“就算是多给我们一天的时间，”克瑞斯说，“这也容易不了啊。”

“不用担心。”我安慰她，“我们会赢的。”

她紧张地笑道：“你怎么这么确定呢？”

“因为，”我很有自信地说，“我不可能让塞莱斯特做得比我好。”

我们花了两个小时的时间才看完所有的材料，然后又花了一个小时好好消化这些内容，实在有太多要考虑和计划的细节。西尔维亚声称会随时帮助我们，但我总觉得要是开口求她帮忙，她就会认为我们没办法胜任，实际上这条路行不通。

条件还是挺严苛的，我们不能用红色的鲜花，因为红色代表着秘密；也不能用黄色花，因为黄色代表了嫉妒；而任何紫色的东西都不能用，因为这个颜色代表着厄运。

宴会上的食品和酒水都必须准备充足，丰盛并不会被视为炫耀，而是代表了皇宫该有的派头。如果招待的内容不够奢华，不能让客人们留下深刻印象的话，他们可能就不愿意再次来访了。在这些安排之上，我们还要学会一些基本的礼仪：说话吐字要清晰、餐桌礼仪，以及类似的知识，都是我和克瑞斯没有接触过的一些文化和礼仪，我们是在这些材料上第一次读到。

这一切都是个大挑战。

克瑞斯和我这一天都在“头脑风暴”，做了不少笔记。其他几个女孩也在旁边的桌上做同样的功课。下午的时光渐渐过去，我们开始抱怨争论究竟哪一组分到的任务更难，说着说着还觉得好笑起来。

“你们俩至少能有多一天的时间。”伊莉斯说。

“可是，伊利亚国和德国联邦本来就是盟友，意大利人则很可能讨厌我们做的所有安排！”克瑞斯很担心。

“你知道在我们安排的宴会上，我们都要穿深颜色的衣服吗？”塞莱斯特抱怨道，“那将会是一个特别……严肃的宴会。”

“我们本来也不想把它办得随意啊。”纳塔莉假装跳舞似的扭了扭，然后自己笑了起来，让我在开口前也笑了。

“好吧，那么我们这边的宴会倒是要非常热闹才行，你们全部都得戴上自己手里最好的珠宝首饰。”我指导着大家，“大家要想留下一个深刻的印象，外表是非常重要的。”

“感谢老天爷，这两个愚蠢的活动好歹有一个能给我打扮的机会。”塞莱斯特摇头叹气地说。

到后来，我们明显都很苦恼。玛莉出事，加上国王故意忽视我，现在这种大家都不好过的感觉反而让我有种奇怪的安心感。不过，这天结束的时候，我不能否认自己越来越疑神疑鬼，觉得她们几个女孩（尤其是塞莱斯特）会想方设法破坏我们的宴会。

“你的侍女有多忠诚？”晚餐上我问克瑞斯。

“非常忠诚。怎么了？”

“我在想，是否要把一些东西存放在自己房间，而不是放在工作室里。这样别人就不会有机会偷取我们的想法了。”这算是个微不足道的小谎言。

她点点头：“好主意，尤其是我们的宴会晚了一天，很容易显得像我们抄袭了别人。”

“就是。”

“你真的很聪明，亚美利加，怪不得麦克森原来那么喜欢你。”然后她就专心吃饭了。

我当然不会没留意到她用的是过去时态，或许在我担心自己不够成为王妃的资格，也不确定自己是否真的想成为王妃的同时，麦克森已经把我忘了。

我在心里安慰自己，她只不过是在自我欺骗，想说明她和麦克森的关系更好而已。况且，玛莉受刑才没几天，她又能知道多少新情况呢？

一声刺耳的警钟把我从睡梦中吓醒，这个声音太奇怪了，我甚至一下没搞明白是什么情况，只知道它把我吓得心跳加速，肾上腺素猛往上升。

不到一秒的时间，我的房门就被用力打开，有个警卫冲了进来。

“可恶，可恶，可恶。”他不断地重复。

“怎么了？”他冲过来时我晕晕乎乎地问。

“起来，亚美！”他催促着，我则乖乖地听话，“该死的鞋子呢？”

鞋子。那么我是得去某个地方了。到了这个时候，我才想明白警报的含意。麦克森跟我提过，反叛分子来袭时警钟会响起，不过上次袭击时不是已经彻底被拆除了吗，看来后来修好了。

“找到了。”我找到并且穿上了鞋，“我要穿上睡袍。”我指着床尾，艾斯本一手拿了过来并想帮我穿上，“不用了，我先拿着。”

“你得快点。”他说，“我不知道他们现在离得有多近了。”

我点头，往门外走去，艾斯本一只手放在我背上，刚要走出房门，又把我拉了回来，深深地、粗犷地吻了我。艾斯本扶着我的脑袋，把我双唇按在他的嘴唇上好一刻，然后，就像忘记了我们已经身处危险之中，他用另一只手紧紧抱住我的腰，吻得更深了。已经有很长一段时间他没有这样吻我了，在我三心二意和害怕被人发现的情绪之间，根本没有理由这样接吻。但今晚，我迫切感到，如果发生什么的话，这很可能是我们的吻别。

他希望这一吻能让我们都深深记住。

我们分开又匆匆地对视了一眼，然后他把我推出门外：“去吧，快去。”

我冲向走廊尽头那条秘密通道，在推墙进去之前，我回头看了下艾斯本远去的身影。

除了逃命，我什么都做不了，所以我只能逃，用尽全力地跑，从又暗又陡的楼梯往下，跑向为皇室准备的安全室。

麦克森告诉过我，有两类反叛分子：北方派叛军和南方派叛军。北方叛军比较烦人，南方叛军则非常凶残。我只能寄希望于发动袭击的人是来捣乱的，而不是来要命的。

越往下，空气就越冷。我想穿上睡袍，可又怕自己绊倒。终于看到安全室的灯光时，我心里松了口气，看到一群警卫里有一个显眼的身影，是麦克森。虽然时间不早了，他还是一身西装打扮，虽有一点褶皱，可大体上还是很齐整。

“我是最后一个吗？”我朝他走去，一边穿上睡袍。

“不是。”他回答，“克瑞斯还在外面，还有伊莉斯。”

我回头看黑暗的走廊，感觉没有尽头。无论朝哪个方向看，通往这儿的几条密道都空荡荡的，没有人。

如果麦克森曾告诉我的事情属实，他对克瑞斯和伊莉斯应该没什么感情。然而现在他的眼睛里流露出无法忽视的担心，他一直按着自己的太阳穴，伸长了脖子在看她们来了没有。我们都看着在门前徘徊的警卫，他们明显急着关门。

他突然叹了口气，双手捂住嘴。然后，毫无预警之下，他拥抱了我，而我也忍不住紧紧抱住他。

“我知道你可能还不开心，不过没关系，我只是很开心你安全了。”

万圣节之后，麦克森就再没有碰过我了，虽然连一个星期的时间都不到，却有种已经很久的错觉，或许是因为那天晚上发生了那么多事，而接下来又发生了更多事吧。

“你安全，我也很高兴。”

他更用力地抱紧我，突然他吸了口气：“伊莉斯。”

我转身看到她瘦小的身影正走下楼梯。克瑞斯在哪儿呢？

“你该进去。”麦克森温柔地催促我，“西尔维亚在等你们。”

“我们一会儿再说。”

他向我露出一个带着希望的微笑，点了点头。我走进内室，伊莉斯随我走在身后，在她往里走的同时，我看到她在哭，于是用一边的胳膊搂住了她，她也同样抱住了我，高兴有对方的陪伴。

“你刚才在哪里？”我问她。

“我想我的侍女是生病了，帮我准备时手脚有点慢。而且，我也被警钟吓得不轻，有一刻脑子都不转了，想不起来应该往哪儿走。我试了四处的墙面才找到正确的密道。”伊莉斯对自己的记性摇了摇头。

“不用担心。”我抱了抱她，说，“你现在安全了。”

她点了点头，努力让自己的呼吸平稳下来。我们剩下来的五个人当中，她是最纤弱的。

我们往深处走，我看到国王和王后紧靠在一起坐着，他们身上都穿着睡袍和拖鞋。国王的腿上放着一叠纸，看来他是要用困在这儿的时间工作。王后正让一个侍女给她按摩双手，她们脸上都是很严肃的表情。

“怎么，这次没带人来啊？”西尔维亚开玩笑，把我们的注意力吸引到她身上。

“她们刚才并没有和我在一起。”我突然担心起我的侍女们。

她温和地笑：“我敢肯定她们没事。往这边来吧。”

我们跟着她走到一面凹凸不平的墙跟前，那儿放着一排整齐的帆布床。上次我来这儿时，发现准备这个房间的人根本没有考虑到王妃候选人会带来多少混乱，这次已经有进步了，但还是没有到位，只有六张床。

塞莱斯特在离国王和王后最近的那张床上缩成了一团，尽管这个距离还是有点远。纳塔莉在她旁边的床上，正在拿自己的一小撮头发编辫子。

“我希望你们睡觉，未来一周你们的任务都很重，如果你们太累的话，根本无法完成宴会的安排。”西尔维亚走开了，很可能是要去找克瑞斯。

伊莉斯和我都叹了口气。无法相信他们还是要逼我们安排宴会，难道今晚的事还不够让人心力交瘁吗？我们松开抱着对方的手，朝两张挨着的床走去。伊莉斯迅速地把自己裹进被子里，明显是累坏了。

“伊莉斯？”我轻轻地说，她偷偷看我一眼，“如果你需要任何东西，就告诉我，好吗？”

她微笑：“谢谢你。”

“不客气。”

她躺回去，好像没几秒钟工夫就睡着了，因为后来门口方向传来嘈杂的声音，她也完全没有反应了。我回头看到麦克森抱着克瑞斯进来，西尔维亚在他们身边。在他们进来的同时，门紧紧地关上了。

“我绊倒了。”她向冲她皱着眉的西亚维亚解释，“我的脚踝好像没骨折，但真的很痛。”

“后面有些纱布，我们至少得给你处理一下。”麦克森指挥着，西尔维亚迅速地经过我们，到后面找纱布去了。

“睡觉吧！快！”她命令我们。

我叹了口气，而且我并不是唯一叹气的。纳塔莉接受了这个指令，塞莱斯特却显得很烦躁。我反思了一下，如果我的行为跟她很像的话，那就必须得改了。尽管不乐意，但我还是躺下，面朝墙。

我努力不去想在楼上正在战斗的艾斯本，还有我的侍女来不来得及逃去避难的地方。我努力不让自己去想未来一周的挑战，也不去想我们在休息的时候，楼上来的是否南方叛军，是否正在滥杀这儿的人。

然而，我控制不住地去想，而这一切让我筋疲力尽。最后，在这张又冷又硬的床上，我还是睡着了。

醒来的时候，我完全不知道是什么时间。应该已经过了好几个小时了。我翻了个身，看看伊莉斯，她还在安详地熟睡。国王正在看手上的材料，迅速地翻看，好像越看越生气。王后把头靠在椅背上休息，睡着的她看起来居然更美丽了。

纳塔莉也还在睡，至少表面上看来是在熟睡，但塞莱斯特已经醒了，一手支着脑袋看房间另一头，双眼喷出来的怒火就如她平常看我的眼神一样。我顺着她的视线看过去，那儿是克瑞斯和麦克森。

他们挨着对方坐着，他一只手搂着她的肩膀。克瑞斯抱着自己的双腿，尽管穿着睡袍，但她看起来还是很冷的样子。她左边的脚踝已经包扎过了，看起来并无大碍。两个人脸上都带着微笑，轻声地聊着。

我不想看，所以翻回去面朝墙了。

当西尔维亚来拍肩膀叫醒我时，麦克森已经不在了，克瑞斯也走了。

THE ELITE

第十六章

我从昨天下去的那条密道回到楼上，看情况，显然是南方叛军来过了，从暗门到我房间的那一小段走廊里堆满了残骸，我必须爬过它们才能回到房间。

通常情况之下，让我们从安全室出来的时候，破坏得最严重的残骸应该已经清走了。但这次，看起来工作人员来不及清理这么多遭到破坏的东西，不然就得把我们留在下面一整天。不过，我真希望他们更努力一点儿。远处，一群女佣正在擦洗墙上写着的大字。

我们要来了

走廊多处都写上了这句话，有的是用泥巴写的，有的是用油漆写的，有一处，看起来像是用鲜血写上去的。我不禁打了个冷战，这究竟是什么意思？

我站在那儿时，我的侍女们向我冲过来。“小姐，你还好吗？”安妮问。

她们的突然出现把我吓了一跳。“嗯，没事的，我很好。”我继续看着墙上的字。

“跟我来吧，小姐，让我们帮你梳洗。”玛丽坚持拉我走。

我貌似顺从地跟着走，其实已经被刚才所见吓蒙了，有点儿六神无主。她们认真地开始手里的工作，想跟平常一样，用梳妆让我的情绪平稳下来，她们稳稳的双手（包括露西的），让我的心慢慢地静了下来。

在准备好之后，有一个侍女过来领我出去，看来，今天早上我们只能被安排在外面办公了。在杉矶城温暖的阳光之下，那些破碎的玻璃和骇人的涂鸦很快就被抛在脑后了。麦克森和国王甚至都已经跟一群顾问站在一张桌子前，共同研究一堆材料，制定方案了。

在一个帐篷下，王后也在看材料，并向站在她身边的侍女说着细节。在她身边，伊莉斯、塞莱斯特和纳塔莉在另一张桌上讨论她们负责的宴会，她们看起来是多么的投入啊，就像完全忘记了昨晚发生的事情。

克瑞斯和我坐在草坪的另一边，头上也是一样的帐篷，但是我们的进展很慢。今天的我，很难把她和麦克森相处的那个画面赶出脑海。她在西尔维亚给我们的材料上标出一些重要事项，也在空白处记下了一些笔记。

“我想到鲜花应该怎样处理了。”她头也没抬地说。

“噢，好的。”

然后我的注意力转到麦克森身上，他好像尽力显得很忙的样子。然而有心观察他们的人都看得出来，国王正在假装听不到他的评论。这一点我真不明白，如果国王担心麦克森不能成为一位好的领导人，难道不应该认真地指导他吗，而不是单纯因为怕他犯错，就不让他尝试？

麦克森翻了翻桌上的纸，抬头时看到我在看他，便向我挥了挥手。在我举起手之前，眼角却扫到克瑞斯已经很兴奋地冲麦克森挥手了，我只好低下头看桌上的材料，忍住不让自己脸红。

“他是不是很帅气？”克瑞斯问。

“嗯。”

“我一直在幻想我们的小孩，有着他的头发和我的眼睛，会是怎样的呢？”

“你的脚踝还好吗？”

“噢。”她叹了口气，“有点儿痛，但阿斯那医生说，到宴会那天我应该就没事了。”

“那就好。”我终于抬起头看她，“不然意大利人来的时候你还一瘸一拐就不好了。”我努力显得友善，可是我能看出来，她很不喜欢我的语气。

她正想开口，却马上把头转了过去，我也跟着看过去，那边是麦克森正走向管家为我们准备好的茶点。

“我一会儿就回来哈。”她说得很快，然后就以我无法相信的速度一瘸一拐地朝麦克森走过去了。

我克制不住要看他们的冲动。塞莱斯特也走到他们身边了，一边倒水吃东西，一边轻声聊天。塞莱斯特说了些什么，然后麦克森笑了出来，克瑞斯也笑了，可是她明显对塞莱斯特过来插一脚有点不耐烦。

那一刻，我甚至对塞莱斯特有了感激之心。对我来说，她的确极为讨厌，可她那种目中无人的气势，我还真该学学。

国王对身边一个顾问大吼起来，我条件反射般地冲他的方向转头，虽然听不清他说什么，但很明显他在生气。在国王身后的方向，我看到艾斯本刚好在远处走过。

他匆匆地往我的方向看了一眼，冒险向我眨了眨眼。我知道他是为了让我安心，这倒是有一些功效，可同时我又不得不去想，昨晚他究竟面对了怎样的战况，以致他不单单走路有点瘸，眼睛边上还贴着纱布。

我心里正在斗争，想向他传达让他今晚找我的信息时，皇宫大门内突然响起警钟。

“反叛分子！”一名警卫大叫，“快跑！”

“什么？”另一名警卫满脸迷茫地回应。

“反叛分子！快回皇宫去！他们来了！”

警卫们的对话让今早墙上写着字的场景在我脑海里再次浮现：**我们要来了**。

一切都发生得太快了。侍女们护送王后到皇宫的另一头去，有一些拉着她的手让她走快些，还有一些恪尽职守地跑在她身后，保护她不受后方的攻击。

塞莱斯特紧跟王后，身上的红裙子特别耀眼。她肯定认为王后逃生的方向必定是最安全的地方。麦克森一手抱起了克瑞斯，转身把她交给离得最近的警卫，很凑巧，那人居然是艾斯本。

“快跑！”他冲艾斯本大叫，“快跑！”

艾斯本听从命令，毫不犹豫地抱着克瑞斯就往里面跑，看起来她简直就像没几斤重。

我听见皇宫大门内一声巨响，接着传来很多人的尖叫声，好几名警卫从制服中掏出了枪，而我十分清楚刚才那一声意味着什么。然后又传来两声枪响，我发现自己已经僵住了，站在那儿看着身边的人跑来跑去。警卫们把大家推到旁边，大门里涌出一帮穿着宽大的外套和破洞裤的人，他们背着大背包，里面明显塞满了东西。然后又是一声枪响。

最后我反应过来，自己也需要逃，于是转身就跑，甚至没过脑子。

反叛分子是从皇宫里出来的，往皇宫反方向跑貌似是一个合理的选择。可是，这样不单把自己送到森林里，同时还有坏人在后方追赶。我一直跑，脚上的平跟鞋滑落了好几次，我也想过要脱掉，可最终还是觉得有鞋总比光脚强。

“亚美利加，”麦克森冲我大喊，“不！回来啊！”

我冒险转头一看，国王正拉着麦克森西装外套的领子，把他拖到一边去。我能看到他望着我的眼神里尽是恐惧，然后，又响起了另一枪。

“退下！”麦克森尖叫，“你们会打到她的！停火！”

然后又响起了几次枪声，麦克森还在发号施令，可我已经离得太远，听不清了。跑过草坪，我才明白自己是孤身一人。麦克森被他的父亲拦下了，而艾斯本正在执行任务。任何要来救我的警卫都在反叛分子的后方，所以，我唯有靠自己逃命了。

恐惧让我跑得更快了，而且走进森林之后，躲开灌木丛的身手让我自己都惊呆了。因为已经好几个月没下雨，地面干燥而且坚硬。我隐约感到腿上被刮了好几道，并没有停下来看有多严重。

我大汗淋漓，礼服贴紧胸口。森林里温度要低一些，而且天色渐渐变暗，可我还是觉得热。在家里，我有时候纯粹为了好玩而跑步，有时是为了和杰拉德玩，又或者只是想感受用尽力气的那种酸爽。但过去几个月里，我只是坐在皇宫里吃着美食，所以现在我只觉得肺部像要爆炸了一样，双腿更是酸痛难耐。不过，我仍坚持在跑。

走进森林深处后，我回头看反叛分子离我有多远，因为我的心跳得太快了，用耳朵根本听不见他们的动静。转头看不到他们的身影，我知道这是躲起来的最好时机了，不然他们一定会看到我身上这件鲜艳的礼服。

我一直跑到一棵足够让我藏起来那么粗的大树前才停下来，躲在它的背后。我发现上面有一根树枝长得比较低，我可以借助它往上爬，所以我把鞋脱掉并且扔得远远的，希望不会引起叛军的注意。我往上爬，尽管并没有爬得太高，背靠大树，我还是逼着自己露出笑脸。

因为担心急促的呼吸声会引来注意，我努力让呼吸平缓下来。成功之后，我的确安静了片刻，甚至以为自己已经甩掉了他们。可是几秒之后，我听见了很响的沙沙声。

“我们真的应该晚上再来。”有人生气地说道，那是一个女孩子的声音。我紧紧靠着大树，心里祈祷树枝可千万别断掉。

“晚上的话，他们就不可能在室外啊。”一个男声回应。

他们还在奔跑，尽管努力让呼吸平稳，可是听起来还是上气不接下气。

“让我拿一点吧。”男声提出。听起来，他们离我很近了。

“我能行。”

我屏住呼吸，看着他们从树底下走过。正当我以为自己很安全的时候，女孩身上的背包带断了，一袋的书散落了一地。她拿这么多书干吗？

“讨厌！”她蹲下去捡。她身上穿着一件绣了很多花儿的牛仔外套。穿那么厚，肯定热死了。

“我就说得让我帮你吧。”

“闭嘴！”女孩子推了一下男孩的腿，就那么一个开玩笑似的动作，就能看出他们之间有着很深的感情。

远处传来一声口哨。

“那是杰里米吗？”她问。

“听起来像。”他弯下腰，捡起了几本书。

“去找他吧，我马上就追上去。”

他有点犹豫，可还是同意了，在走之前亲了亲她的额头。

女孩整理好地上散落的书，用一把刀把背包上的带子切断，又重新绑在一起。

她起身的时候，我松了一口气，看来是要走了。但她一甩头发，紧接着就抬头看天。

然后，她看见了我。

无论我怎么不出声、怎么不动，都没有用了。如果我尖叫的话，警卫会来吗，还是其他反叛分子离得更近？所以我尖不尖叫都没用？

我们瞪着对方。我等着她开口喊同伴，只希望他们要对我做的事情不会太痛。

但她什么都没说，只是轻轻笑了，对我们之间的对峙很满意似的。

又传来另一声口哨，跟刚才那声有一点不一样，我和她都循声看过去，而后，又继续对视。

然后，她给了我一个完全出乎我意料的动作，一脚踏后，屈身行了个优雅的屈膝礼。我惊讶得不知如何是好。她微笑着起身，往口哨传来的方向跑去了。我看着她外套上的花儿渐渐消失。

之后我等了大约一个小时，判定应该可以下去了。我站在树下，才想起不知把鞋子扔到哪儿去了。我在大树下四处寻找那双白色的平底鞋，可是根本找不到，我决定放弃。是时候往皇宫的方向走了。

环顾四周，我才明白这根本不可能。我迷路了。

THE ELITE

第十七章

我坐在树下，抱着自己的双腿，等待着。妈妈总是说，迷路时，等待才是最合理的应对方法。而且，现在我有时间去思考刚刚发生的事情了。

反叛分子为什么能够连续两天潜入皇宫？**连续两天啊**！选妃开始之后，外面的情况真的越来越糟糕了吗？根据我在卡罗莱纳省看到的，还有在皇宫里经历的，都是前所未有的糟糕。

腿上有好几道刮伤，精神稍微放松后，我终于感觉到痛了。大腿上还有一小块瘀青，不知道是什么时候弄的。我感到口渴，而且等我平静下来才发觉，这些天受到的情绪上、精神上以及肉体上的挑战已经让我筋疲力尽了。我靠着树，闭上双眼休息了一会儿。我本来没打算要睡，只是实在坚持不住了。

一段时间之后，我听见远处传来脚步声。我一下子惊醒了，森林里已经漆黑一片。我睡了多久了？

直觉告诉我应该再爬回树上，所以我又跑到树的另一边，脚下踩着那个女孩留下的破袋子。然后，我听见人们叫我的名字。

“亚美利加女士！”有人喊，“你在哪儿？”

“亚美利加女士？”另一拨声音呼喊。一会儿之后，有一拨更响的声音发号施令：“到处都看看，如果他们杀了她的话，不是把她吊起来，就是埋起来。专心点儿搜。”

“是的，长官。”男声齐声回答。

我从树后探头出来偷看，努力去听他们的对话，也眯起眼睛想看清那些人影，想搞清楚这些人是不是来救我的。其中一个走路有点儿瘸的身影，让我终于确定我是安全的。

日落透过茂盛的树叶在艾斯本的脸上照亮了一小片，我冲他们跑了过去。“我在这儿！”我大喊，“我在这边啊！”

我直接跑进艾斯本的臂弯里，第一次不在乎别人怎么想。“感谢老天爷！”他冲着我的头发吸了口气，然后转身跟其他人说，“我找到她了！她还活着！”

艾斯本跪下来，把我横着抱了起来：“我多么害怕找到的是你的尸体啊。你受伤了吗？”

“腿上有一点伤。”

几秒钟之后，其他几名警卫也过来了。他们都赞赏艾斯本做得好。

“亚美利加女士。”领队过来说，“你有没有受伤？”

我摇了摇头：“只是腿上刮了几道。”

“他们伤害你了吗？”

“没有，他们没追上我。”

他一脸震惊的样子：“其他女孩根本不可能跑得过他们。不可能。”

我微笑，终于觉得安心了：“其他女孩都不是第五等级。”

有几个警卫听见我这么说都笑了，包括艾斯本。

“说的也对。让我们带你回去吧。”他走在前头，招呼其他警卫，“你们提高警惕，他们有可能还在附近徘徊。”

我们一边走，艾斯本一边轻声跟我说：“我知道你跑得快也聪明，可我还是害怕死了。”

“我刚才撒谎了。”我轻轻地说。

“什么意思？”

“他们最后追上我了。”

艾斯本一脸惊恐地看着我。

“他们什么都没做，只有一个女孩看见我了。她向我行了屈膝礼后就走了。”

“屈膝礼？”

“我也很惊讶，她看起来一点儿都不生气，也不让人害怕。实际上，她看起来就跟普通女孩一样。”

我想到麦克森对两派叛军的形容，便知道这个女孩肯定属于北方派叛军。她身上没有任何要伤害别人的气息，只有一股要完成任务的执着。而昨天晚上的袭击肯定是南方叛军的杰作，这两次袭击不单连续而来，而且是不同派系的作为，这说明了什么问题？北方叛军是在观察我们，等我们势单力薄时才来吗？想到他们意图强烈地暗中观察着皇宫的一举一动，我感到十分恐惧。

不过，这次袭击也够有意思的，他们是从正门进去的吗？他们在里面待了几个小时寻宝呢？这一点让我想起来了。

“她拿走的是书，很多书。”我说。

艾斯本点点头：“这好像常常发生，但不知他们拿这些书干什么用。我猜他们是用来生火？他们应该住在很冷的地方吧。”

“嗯哼。”我哼了一声，也不算是个回应。如果我需要燃料，有的是比皇宫容易抢的地方。而且，那个女孩捡书的执着，让我觉得事情没那么简单。

花了大概一个小时，我们才徒步回到皇宫。艾斯本虽然受了伤，但他抱着我的手却丝毫没有放松过，事实上，尽管是负重走这段路，但他好像很享受。我当然也很享受。

“未来几天我可能会很忙，不过，我会尽量想办法去看你。”我们走过皇宫门前那片大草坪时他轻声低语。

“好的。”我也悄悄回应。

他往前看，露出了微笑，而我也跟着他一起看眼前的美景。夕阳下，皇宫闪闪发光，每层都有从窗户透出的温暖灯光。我从来都没有见过这个样子的皇宫，太美了。

我还以为麦克森一定会在那儿，在门外等我回来，可是他没有。艾斯本接到指示，要带我去医院找阿斯那医生，看看我腿上的伤，另一名警卫去向皇室成员通报我活着回来的消息。

我回来了，却没有人在意。在医院病床上，我一个人躺在那儿，直到累极了睡过去。

我听见有人打喷嚏。

睁开眼，我呆了一秒才想起来自己身处何地。我眨了眨眼，想看看房间里都是什么情况。

“我无意吵醒你。”麦克森压低声音说，“你应该接着睡。”他坐在我床边的椅子上，离我近得几乎能把头靠在我的胳膊上。

“几点了？”我揉了揉眼睛。

“快两点了。”

“半夜两点？”

麦克森点头。他专注地看着我，害我突然非常在意现在的外表是怎样的。回来之后，我洗了脸，也把头发梳了起来，但我很确定现在脸颊上肯定有个枕头印儿。

“你从来都不用睡吗？”我问。

“我睡啊，只不过大部分情况下我都很警醒。”

“职业病啊？”我坐了起来。

他给我虚弱一笑：“差不多吧。”

我们沉默地坐了好一会儿，都不知道接下去该说些什么。

“今天在森林里时，我想到一件事。”我随意地说。

对我将白天的事情如此轻描淡写，他的笑意又深了一点：“噢，是吗？”

“跟你有关的。”

他俯身离我更近了，一双棕色眼睛看着我的双眼：“请讲。”

“嗯，”我开始说，“我想到昨天晚上，在伊莉斯和克瑞斯还没到安全室前，你有多担心。而今天反叛分子在的时候，我看到你想追上我不让我走。”

“我尽力了，真抱歉。”他摇了摇头，为自己的无能为力感到内疚。

“我没有不高兴。”我解释道，“这才是重点啊。在外面一个人的时候，我想到你很可能非常担心，而且，你对其他人也很担心。我不能够假装知道，你对我们所有人都有什么样的感情，但我明白，你和我现在真心不在最好的状态中。”

他笑了笑：“我们的确有更好的时候。”

“但你还是想追出来。克瑞斯不能走，所以你把她交给一名警卫，你是想保护我们所有人。所以，你怎么可能想要伤害我们其中一个呢？”

他沉默着，不知道我想说什么。

“我现在明白了，如果你那么在乎我们的安危，你就不可能愿意对玛莉做出那种事。我明白，如果你有选择的话，你一定会阻止那件事的。”

他叹了口气：“想都不用想就会去阻止。”

“我知道了。”

麦克森小心翼翼地伸手过来握住我的手，我由着他了：“还记得我跟你说过，有样东西我想给你看吗？”

“记得。”

“不要忘记，好吗？很快就是时候了。这个位置有很多要求，而这些事情并不总是美好的，但有些时候……你可以做些很不错的事。”

我不明白他是什么意思，但还是点了点头。

“但我想你至少要等到这个项目完成，而且你有点落后了。”

“噢！”我把手抽回来，捂住了脸。我把宴会的事忘得一干二净了。我再次看向他，“他们还要逼着我们办这件事？已经有过两次袭击了，而且我今天大部分时间是在森林里度过的，我们肯定会把事情搞砸的。”

麦克森露出了同情的表情：“你要坚持下去哦。”

我往后一躺：“这肯定会是个大灾难。”

他又笑了：“不用担心，就算你没有别人做得好，我也不会把你送走。”

这么说让人觉得不太对劲。我又坐了起来：“你是说，如果其他人做得不好，就得有人要走了是吗？”

麦克森迟疑了半刻，不知道怎么回答才好。

“麦克森？”

他叹口气：“他们希望我在两周内再淘汰一人，这次的宴会是主要的衡量标准。你和克瑞斯的设定比较难，是一段新的外交关系，组里又少了一个人。虽然意大利的文化比较热情，但他们的人却也是比较容易动怒的。再加上，你迄今为止还没有办法做安排……”

我不知道我脸上是否血色全无。

“我不应该帮你们，但如果你需要什么东西，请跟我说。你们两个我都不想送走。”

我们第一次争吵，是为了塞莱斯特，那时候，我觉得我的心有一部分因为麦克森而碎了。然后，在玛莉突然被送走后，我又有相同的感觉。每次有事情阻挡我前进时，我的心都会一点一点地磨灭。但是，我错了。

躺在医院的床上，我的心第一次为麦克森·斯威夫特碎了。这种痛是难以想象的。直到刚才，我还可以安慰自己，他和克瑞斯之间没什么，都是我多想了。但现在，我真的明白了。

他喜欢她，甚至到了他喜欢我那个程度。

对他提出的帮助，我只点点头，说不出什么话来。

我告诉自己要把心收回来，不能交给他。麦克森和我是从友情开始的，或许这才是我们之间注定的关系：非常亲近的朋友。但我的心真的碎了。

“我该走了，”他说，“你需要多睡会儿，今天你辛苦了。”

我翻了翻白眼，这说法都不如事实的一半惨痛。

麦克森站起来拉了拉身上的西装：“我还有很多话想和你说，今天，我真的以为要失去你了。”

我耸耸肩：“我没事，真的。”

“我现在才能相信你没事，但今天有好几个小时的时间里，我强迫自己要做最坏的打算。”他停顿了一下，仔细斟酌要说的话，“一般来说，在所有女孩里面，你是最容易讨论我们之间的关系的那位。但我的直觉告诉我，现在或许不是讨论这件事最合适的时间。”

我下意识地缩着头，只能微微点了点头表示同意。我怎么可能跟一个明显喜欢上别人的人来讨论我们之间的关系呢。

“看着我，亚美利加。”他温柔地要求。

我看着他。

“我可以等你，没关系。我只是希望你知道……看到你平安回来，我甚至找不到合适的语言表达我心里的感受。我从来没有为任何事这么感恩过。”

就像每一次他触动我的心时，现在我也被他的话感动得说不出任何话来。但我心里还有一个角落，为自己对他的信任感到担忧。

“晚安，亚美利加。”

THE ELITE

第十八章

那是星期一的早上，还是星期二的凌晨，实在太晚了，难以分清。

克瑞斯和我花了一天的时间去选合适的布料，让管家们把它们挂起来，而且还要选自己的衣服、首饰，选瓷器，拟餐单，还要听语言老师教我们意大利语，希望能记住一句半句。我懂一点西班牙语，这一点帮了我，至少学起来快一些，这两种语言有点相似。克瑞斯很努力地想跟上我的步伐。

按理说，我应该疲惫不堪，可我满脑子里都是麦克森那些话。

他和克瑞斯之间发生了什么事？她为什么突然之间离他这么近了？我是不是不应该这么在意？

但是，这可是麦克森啊。

虽然我很努力地想让自己抽离，可我还是在乎他，我还没准备好完全放弃。

这儿肯定有办法搞清这些问题。我在心里分析着已经发生的事，想要把自己的问题从其他问题中分离出来。看起来，这些事主要不外乎四种：

我对麦克森的感情；麦克森对我的感情；艾斯本和我之间的情况；还有，就是我对成为王妃的感受。

对于现在满脑子官司的我来说，成为王妃这件事居然是看起来最好分析的一件。在这件事上，至少我比其他女孩子有一个优势：我有格雷戈里。

我走到钢琴前，从乐谱底下抽出他的日记，祈祷着他的文字能给我智慧。他并非生来就是贵族，所以他一定需要时间去适应。根据他写的有关万圣节的文字，可以看出，他已经准备接受一个重大的改变了。

我翻开日记，遮挡着这些文字不让别人看到，然后读下去。

我怀念代表传统的美国精神。我有一个美好的家庭，而且我也很富有。这两件事都不是由父辈留给我的，因而更符合美国精神。所有人都知道，我为现在所拥有的东西付出过多少努力。

但现在我能够利用我的地位，在别人没有能力付出的时候贡献那么多，这让我从一个籍籍无名的百万富翁变成慈善家。但是，我并不满足于此，我需要去做更多，成为更重要的人。现在掌权的人是沃利斯，不是我，所以我需要想一个合适的方法，给大众他们所需要的东西，而不是成为一个篡位者。我会有机会领导这个国家，也会有机会去做我认为对的事情。目前来说，我会遵守规则，静观事情如何发展。

我想从他的文字里学习他的智慧。他说要利用自己的地位，也说要守规则，他更提到不用害怕。

或许这些文字应该是有学习意义的，可事实上并不是这样。它们甚至没有让我觉得有那么一丁点的帮助。格雷戈里让我失望了，那么我只能靠另一个男人来帮我了。我走到桌前，拿出纸和笔，开始给父亲写信。

THE ELITE

第十九章

接下来的几天过得很快，克瑞斯和我现在已经穿着保守的灰裙子，出现在另一组女孩组织的宴会上了。

“有什么计划吗？”我们在走廊上往前走时，克瑞斯问。

我想了想，虽然我不喜欢塞莱斯特，也不介意看着她失败，可是，我不希望在这么重要的场合上看她搞砸：“我们保持客气，但不主动帮忙，主要看西尔维亚和王后的眼色行事吧。我们尽可能地从这个活动上学习……今晚要加班把我们的宴会安排得更好。”

“好的。”她叹口气，“走吧。”

我们准时到达，这一点对德国人来说很重要。那几个女孩已经乱成一团了，塞莱斯特简直就是自掘坟墓，她那身礼服几乎是纯白的，要是给她配个头纱，简直就变成一场婚礼了。更别说这身白色究竟有多清凉了，尤其当她站在德国女士们身边时更觉明显，因为她们在这么暖和的天气之下，还穿着长袖呢。伊莉斯和纳塔莉一身深蓝色的礼服，倒还显庄重。

纳塔莉负责安排花，可是她忘记了百合一般都用于葬礼之上，因此，所有鲜花在最后一秒被匆忙挪走。

明显比平常要烦躁的伊莉斯，已经是三个人里面最镇定的一个了。对宾客来说，她已经算是最出色的主人了。

要跟一群英语讲得不怎么样的德国女人沟通，还真是挺有挑战性的，何况我现在满脑子都是意大利语。我尽力表现得热情，这些女士们虽然表情严肃，但实际上都挺友善的。

一会儿过后，西尔维亚和她手上的笔记本才是真正让大家紧张犯错的根源，因为她在屋子里走来走去，犀利的双眼不会放过任何漏洞。王后倒是表现出她最优雅的本色，帮助几个女孩招待这些德国客人。西尔维亚在宴会结束之前肯定能在笔记上写满好几页吧。克瑞斯和我马上就明白，我们唯一的希望就是赢得西尔维亚对我们宴会的欢心。

第二天早上，克瑞斯带着侍女来到我的房间，我们一起梳妆准备。我们想尽力衬托彼此的装束，既体现我们两个是负责人，又不会因为太相似而显得傻气。一时之间有那么女孩子出现在我的房间里，还挺好玩的。侍女们相互都认识，她们在忙碌的同时还兴奋地聊天，让我想起小梅在这儿的那两天。

还有几个小时宾客才到达，克瑞斯和我先下去检查宴会厅是否布置妥当。不像前一晚的宴会，我们并没有放置桌卡，打算让宾客随意就坐。乐队也来彩排了，而且，我们选择的布置让音乐的回音效果更棒了，看来真是个意外惊喜。

我们互相提问意大利语中打招呼的句子，同时我为克瑞斯整理好她的项链。她的意大利语已经说得很自然了。

“谢谢。”她说。

“Grazie（意大利语，谢谢）。”我回应。

“不是的，”她面向我说，“我是说，谢谢你。你安排得太好了，而且……我不知道怎么说，我以为玛莉的事情之后，你或许会放弃。我还挺害怕在这件事上会孤军奋战呢，可实际上，你这么尽心尽力，做得实在太好了。”

“谢谢，你也做得很好啊。他们要是安排我和塞莱斯特一组的话，我可真不知道自己活不活得下来，因为有你，这件事就变得容易多了。”克瑞斯微笑了，我是真心的，她这几天也几乎没有休息，“你说得也没错，玛莉的事的确让我很难过，但我不会放弃的。这个宴会一定会很棒。”

克瑞斯咬着下唇想了想，突然间，她好像害怕自己失去勇气，语速很快地说：“所以，你不和大家竞争了吗？你还想要麦克森吗？”

我并非不知道大家在这儿是为了什么，但其他女孩从来没有这样问起过。这一刻我有点儿蒙，不知是否要回应她。就算是回应，说什么好呢？

“女士们！”西尔维亚喊我们时声音都发颤了，她从门外冲了进来。我从来没有像此刻这么感激能见到她，“时候差不多了，你们准备好了没有？”

王后随她从身后走了进来，她的淡定平和衬着西尔维亚的活力。她巡视室内的布置，露出满意的表情，看到她的笑容我们都松了一口气。

“快准备好了。”克瑞斯回应道，“我们还有几个细节要安排一下，其中有一件事需要您和王后的配合。”

“哦？”西尔维亚的好奇心被勾了起来。

王后走近我们身边，一双深邃的眼睛里透露出骄傲：“真漂亮，而且你们两位都光彩照人。”

“谢谢。”我们齐声回应。我们身上淡蓝色的礼服配上金色的音符配饰是我的主意，看起来喜庆而可爱，但又不会过于夸张。

“嗯，你可能也注意到我们的项链了，”克瑞斯说，“我们觉得，戴相似的饰品能让大家比较容易记住我们俩是主人。”

“很好的主意。”西尔维亚边说边在笔记上写。

克瑞斯和我相视一笑。“因为你们和我们一样是主人，我们觉得你们也该有这个配饰。”我说这话的同时，克瑞斯从桌上拿起了一个盒子。

“噢，你们！”王后惊喜地吸了一口气。

“是……给我的？”西尔维亚问。

“当然了。”克瑞斯甜美地说，把首饰递给了她。

“你们两位提供了那么多的帮助，这也是你们的成果啊。”我接着说。

看得出来，王后被我们这小小的心意感动了，而西尔维亚则感动至说不出话。我突然想，不知这个皇宫里有没有人给过她任何关心。我们的确是昨天才想到这个点子，目的是为了争取西尔维亚的支持，现在我很庆幸我们这么做了。

西尔维亚可能的确是挺给人压力的，可她真的是为了我们好才会要求那么高。我发誓要想出更好的办法来感谢她。

有管家过来通报，说宾客们快要到了。克瑞斯和我在门口分列左右欢迎他们，而乐队在角落奏起背景音乐，服务生开始拿着餐前甜点绕场。我们都准备好了。

伊莉斯、塞莱斯特和纳塔莉向我们走来，很意外地居然准时到了。一看到我们的布置，背景墙前飘扬的装饰布料、桌中心闪闪发亮的布置和盛开的鲜花，伊莉斯和塞莱斯特眼中明显流露出了痛恨。纳塔莉倒是很兴奋，根本来不及在乎。

“闻起来就像花园一样。”她陶醉地说，几乎是跳着舞步进去的。

“太像花园了吧。”塞莱斯特接着说，“这可会让大家头痛的。”她爱怎么挑刺就由她去吧。

“尽量分开坐不同的桌子哦。”她们走过克瑞斯身边时，她提醒说，“意大利人是来这儿交朋友的。”

塞莱斯特啧啧地表示不满，就好像她的兴致被这句话弄没了一样。我很想过去跟她说，得表现上道点儿，因为我们在她的宴会上也尽力配合了。就在此时，我听见走廊另一头传来意大利语的谈话声，马上就把这不快的情绪抛之脑后了。

这些意大利女士简直就像古罗马雕塑般完美，身材高挑，小麦色的皮肤衬托着精致的五官。如果这些还不算什么的话，她们每一位都很友善，就像她们的灵魂带着太阳的气息，照亮了身边所有人。

根据材料里读到的信息，意大利君主制比伊利亚的还要年轻，他们已经闭关守国好几十年了，而这是他们第一次向我们投来橄榄枝。这次的会面是与这个成长中的政府建立关系的第一步。在他们进门之前，这一点还是挺让人担心的，不过他们一进门就表现的热情马上就把我融化了。她们亲了克瑞斯和我的脸颊两边，还大叫“Salve（意大利语，你好）！”，我很高兴地表达出同样高的热情。

我努力说一些意大利语，而我们的客人对我说错的地方一笑，还时不时纠正我。他们的英语说得可真不错，而且，我们对彼此的发型和礼服都表示非常喜欢，看来，在外表上，我们给对方留下了不错的印象，这点让我放心了不少。

整个宴会，我大部分时间都和奥拉贝拉跟诺埃米在一起，她们是王妃的表姐妹。

“这可真好喝！”奥拉贝拉大喊，还举起了酒杯。

“你喜欢就太好了。”我回应道，有点担心自己会不会显得过于内向害羞。她们说话的声音可真心不小。

“你一定得喝一点！”她坚持让我喝。自从万圣节之后，我就没喝过任何酒，因为本来我就不太喜欢酒精，但此刻我不想显得无礼，所以接过她递来的杯子喝了一口。

真是很好喝，香槟酒里都是气泡，而这个深红色的葡萄酒却很有层次感，尝一口能回味很久。

“嗯嗯。”我满足地感叹。

“好的，现在。”诺埃米说，把我的注意力吸引过去了，“这个麦克森帅吗？我怎样才能加入选妃呢？”

“得搞一大堆手续呢。”我开玩笑地说。

“这么简单？我的笔呢？”

奥拉贝拉插嘴进来：“我也要这些申请表，好想把麦克森带回我家。”

我笑出来："相信我，这儿已经乱成一团了。"

"你可得再喝点。"诺埃米坚持着。

"一定要再来一杯！"奥拉贝拉起哄，她们让管家过来给我续杯。

"你去过意大利吗？"诺埃米问我。

我摇了摇头："在选妃之前，我甚至没有离开过我的家乡。"

"你一定要来看我们！"奥拉贝拉又要求，"你什么时候都可以来找我玩。"

"你总是要独占客人。"诺埃米抱怨道，"她要和我住一起。"

酒精渐渐使我全身发热，同时她们的热情也让我高兴得难以形容。

"那么，他的接吻技术如何？"诺埃米问。

我正喝着酒，差点儿被这个问题呛到。我放下酒杯忍不住地笑，已经很努力不说什么了啊，她们还是看穿了我。

"有多好？"奥拉贝拉追问，我没有回答，然后她就挥手叫人来，"再来点葡萄酒！"她大声说。

我知道她们正在使什么招数，指着她们控诉："你们两个捣蛋鬼！"

她们仰头大笑，我也忍不住大笑出来。不可否认的是，当我们并非在争同一个男孩时，女生之间的悄悄话要有意思多了。不过，我可不能被这些诱惑留在这里。

在醉倒之前，我起身要走："他愿意的时候，还是很浪漫的。"我留下这句话就走了，她们在我背后又是拍掌又是大笑，对她们的幽默我还是很欣赏的。

之后我去喝了点水，吃了点东西，然后用小提琴为大家演奏了几首民谣，屋里大部分人都跟着唱了起来。我留意到西尔维亚也在一边写笔记，并且脚还跟着节拍轻点着。

克瑞斯站起来要敬王后和西尔维亚一杯时，大家都拍手表示赞同。当我向客人们举杯时，她们全都喝彩，一口喝完杯中的酒，并且把酒杯甩到墙上以示激动。克瑞斯和我没料到还会有这种举动，在喝干杯中酒前互相耸了耸肩。

可怜的服务员急忙去清理地上的碎玻璃，同时，乐队恢复了演奏，全场的宾客都起身跳舞。今晚的高潮应该是纳塔莉站在桌上面跳舞，那个样子特别像个八爪鱼。

安伯莉王后坐在一个角落里，正和意大利王妃聊得高兴。看到这个场景，我感到一阵成功的快乐。我太沉醉于自己的情绪了，以至于伊莉斯跑过来叫我时，吓了一跳。

“你的宴会办得更好。”她有点不情愿，却很真诚地说，“你们两个办了一个非常出色的宴会。”

“谢谢。我担心了好一段时间，毕竟我们一开始就不太顺利。”

“可不是嘛，所以成功就更显得不容易了，不知道的人还以为你们为此准备了很久呢。”她环顾房间，一脸羡慕地看着装饰。

我放一只手在她的肩膀上：“你知道吗，伊莉斯，昨天无论谁都看得出来，你是你那组中最尽心尽力的。我相信西尔维亚会让麦克森知道这一点的。”

“你真的这么想吗？”

“当然了。而且我答应你，如果这算是一种比赛，而你输了，我会亲自告诉麦克森你做得有多好。”

她眯着原本就挺细的眼睛说："你真的会这么做吗？"

"当然了，为什么不？"我给她一个笑容。

伊莉斯摇了摇头："我欣赏你的为人，我想，是因为你的真诚吧。但你要明白，我们是竞争关系，亚美利加。"我的笑容消失了，她继续说，"我不会撒谎说你的坏话，但我也不可能主动跟麦克森说你的好话，我就是不能。"

"其实我们没必要这样。"我轻轻地说。

她又摇了摇头："有必要，这不是什么奖品，这是一个丈夫、一个皇位、一段未来。而对你来说，赢或输应该更为不一样才对。"

我被她的话惊呆了。我以为除了塞莱斯特，我们都是朋友，而且我真的信任她们。难道我真的瞎到看不出她们争得有多厉害吗？

"但这不代表我不喜欢你。"她接着说，"我很喜欢你，但我不能为你的胜出而喝彩。"

我点头，还在思考她的话。很显然，我并不像她那么投入，这一点也让我怀疑自己做好王妃这份工作的能力。

伊莉斯冲我背后的方向露出笑容，我转身看见意大利王妃正向我们走过来。

"很抱歉，我可以跟女主人说几句吗？"她用特别可爱的口音说。

伊莉斯向王妃行过屈膝礼，便转身去跳舞了。我努力忘记刚才的对话，打起精神要让王妃高兴。

"尼科莱特王妃，很抱歉我们今天没太多机会说话。"我边说边向她行了屈膝礼。

"噢，不用！你一直都很忙呢。我的表姐妹都非常喜欢你！"

我笑出来："她们很风趣。"

尼科莱特把我拉到角落里："我们一直犹豫要不要和伊利亚建立邦交，因为我的人民比较……比较自由。"

"我可以理解。"

"不，不是。"她严肃地说，"我是说，个人自由，我的人民有更大的自由。你们还有等级制度，对吧？"

我突然明白这次谈话并不仅仅是普通的聊天，因此我点了点头。

"我们当然在留意这儿发生的事，那些叛乱、那些反对分子。看起来人民并不快乐？"

我不知道说什么才好："陛下，我不知道我是不是最适合讨论这个话题的人，我并没有任何权力。"

尼科莱特握住了我的双手："但你可以有权力。"

我打了一个冷战。她不会指我正在想的事情吧？

"我们看到发生在那个金发女孩身上的事情了。"她压低声音说。

"玛莉。"我点点头，"她是我最好的朋友。"

她微笑："我们看到你了，虽然拍到的不多，但我们看到你跑上去，看到你为她而战。"

她看我的眼神很像那天早上安伯莉王后看我的眼神，显然是为我骄傲。

"如果这个强大的国家能够改变的话，我们是很愿意与其建立邦交的。非正式地说，如果我们能协助你取得皇位的话，请告诉我们，你有我们全部的支持。"

她把一张纸条塞进我手里，然后就走开了。她转身的同时，用意大利语大喊了些什么，全屋的人都兴奋地大喊起来。我身上没有口袋，所以只能匆匆把纸条塞进胸衣，希望没有人留意到这个动作。

我们的宴会比前一天晚上的宴会结束得更晚，应该是客人们都太开心了，根本不想离开。虽然晚会持续的时间很长，但整个过程倒是有点一闪而过的感觉。

几个小时以后，我回到自己的房间，已经完全没有力气了。胃里太满了，我根本不想吃晚饭，而且尽管时间还早，我却特别想马上上床睡觉。

我进去后还没看到床，安妮就手捧惊喜迎面而来。我吸了口气，从她手上拿过了信。我真的要赞美一下皇宫的邮局，他们真的很有效率。

我撕开信封，走到阳台上，沉醉在夕阳的余光和父亲的话语当中。

亲爱的亚美利加：

你最好快点给小梅写封信，她看到你写给我的信，而且只能给我看的信后，失望极了。我只能说我也是挺惊讶的，虽然我也不知道自己在期待什么，但肯定不是你问我的问题。

首先，那是真的，当然，我们去探访你的时候，我和麦克森谈过，他对你的想法是很明确的。我不认为他有假装的能力，而且，我那时候（现在也是）相信他真的是很在乎你的。我想，这个过程要是能简单一点，他早就选定了你。我不禁认为发展这么慢的原因，部分在你身上，对不对？

简单的回答是：是的，我同意你选麦克森。如果你想和他在一起，我支持你。如果你不想，我也支持你。我爱你，而且我希望你能快乐，如果快乐对你来说是回来住在我们这个寒酸的小房子里，而不是住在大皇宫里，我也没有意见。

至于你的其他问题，我的回答也是：是的。

亚美利加，我知道你并不认为自己有多出色，可是，你真的要开始有自觉了。我们这些年来一直跟你说你有多么出色，但直到邀请你演奏的人多起来之前，你都不相信。我还记得那一天，你看到满满的日程表，明白那是因为你的歌声和演奏，那一刻你是多么的自豪，简直就像，你突然意识到你能做多少事。我记得我们一直都跟你说你很漂亮，可是在你被选妃活动挑中之前，我不知道你是否真的意识到这一点。

你有领导大家的能力，亚美利加。你头脑清晰，热衷学习，而且，或许更重要的是，你很有热情，这一点是本国民众非常期待的。

如果你想成为王妃，亚美利加，那就不要犹豫了，因为，这就应该是你的。

不过……如果你不想要这种压力的话，我也不会怪你，我们都张开手臂欢迎你回家来。我爱你。

爸爸

眼泪无声地滑落。他真的相信我能做到，他是唯一一个这么想的。嗯，他和尼科莱特。

尼科莱特！

我差点儿彻底忘记了那张纸条，赶紧伸手从胸衣里掏了出来。上面写着一个电话号码，她甚至没有写名字。

难以相信她给我这张纸条是冒着多么大的风险。

我握着这张小纸条和爸爸的信，想着艾斯本说我不可能胜任王妃一职的话，又记起民意调查里我排在最后一位。然后，我想起麦克森早几天给我的神秘承诺……

我闭上眼睛，想要听听自己内心是怎么说的。

我能做到吗？我真的可以成为伊利亚下一位王妃吗？

THE ELITE

第二十章

意大利宴会之后的一天，我们吃完早餐后都去了女士空间。不过，王后并没有来，我们都不清楚这是什么意思。

“我想她肯定在帮西尔维亚写最终的报告。”伊莉斯猜测。

“我不认为她对这个报告能有什么影响。”克瑞斯回应道。

“或许是因为宿醉。”纳塔莉按着自己的太阳穴说道。

“你宿醉不代表她也这样。”塞莱斯特愤愤地说道。

“她可能不舒服吧。”我说，“她好像常常生病。”

克瑞斯点头：“不知道为什么会这样。”

“她不是在南方长大的吗？”伊莉斯问，“我听说那儿的空气和水都不太干净，或许是因为她成长的环境导致的吧。”

“我听说萨姆纳以南什么都挺糟糕的。”塞莱斯特补充道。

“她可能只是在休息。”我打断她们，“今晚有《报道》，而她可能只是想为此做好准备吧，她这么聪明的人。现在才十点钟，我也需要去眯一会儿。”

“是啊，我们都应该去眯一会儿。”纳塔莉疲惫地说。

一个侍女手里拿着托盘进来，不动声色地走过房间，几乎没有引起任何人的注意。

“等等，”克瑞斯说，“你认为他们会在《报道》上谈到我们的招待宴吗？”

塞莱斯特发牢骚说：“这无聊的安排讨厌死了，你和亚美利加只不过是走运。”

“你在开玩笑吧？你有没有……”

那个侍女走到我的左手边，举起了手中的托盘，上面放着的一张折好的字条。克瑞斯的话没说完就被这个突如其来的动作打断了。

我小心翼翼地拿起信来，其他人的眼光全都集中在我身上。

“是麦克森的信吗？”克瑞斯问道，尽量假装不在意的样子。

“是的。”我眼睛都没抬。

“写了什么？”她试探着。

“他现在要见我一下。”

塞莱斯特笑了：“听起来你有麻烦了。”

我叹了口气，站起来跟着侍女出去：“看来我也只有去了才知道是什么事情了。”

“或许他终于决定要把她送走了。”塞莱斯特大声说，她是故意让我听见的。

“真的吗？”纳塔莉反问得过于兴奋。

我感到后背一凉，或许他真的要送我走了！如果只是想跟我说话，又或只是想跟我待一会儿，他写的方法不会是这样的吧？

麦克森已经在走廊里等我了，我紧张地朝他走过去。他看起来并没有不高兴的意思，但确实也表现得有些紧张。

我打起精神来："所以呢？"

他拉住我的手臂："我们有十五分钟的时间，现在我要带你去看的东西，你跟谁都不能讲，明白吗？"

我点了点头。

"那好吧。"

我们迅速地冲上楼梯，一口气爬到三层，麦克森温柔但迅速地拉着我到一道白色的双重门前。"只能十五分钟。"他提醒我。

"十五分钟。"

他从口袋里拿出一把钥匙，打开了其中一道门的锁，拉着门让我先进去。里面很敞亮，有好几扇窗户，另一边还有门通到阳台。里面有一张床、一个巨大的衣柜，还有一套桌椅。除此之外，房间里就什么都没有了，墙上没有画，书架上没有书，连墙漆都显得毫无生意。

"这是王妃的套房。"麦克森轻声说。

我睁大了双眼。

"我知道现在这儿还什么都没有，因为应该是由王妃来选择布置，所以当我母亲搬去王后套房之后，这个房间就会被清空。"

知道安伯莉王后在这儿睡之后，这个房间突然就有了一种神奇的气息。

麦克森从我身后走出来，开始介绍这房间里的东西。"这儿扇门是去阳台的，而这儿呢，"他指着房间的另一头——"是通往王妃的私人书房。这儿，”他指着我们右手边的门——“这通往我的房间。当然不能让王妃离我太远了。”

想到睡在这儿离麦克森很近，我感觉自己已经脸红了。

他朝大衣柜走过去：“而这个呢？在这个家具的背后是通往安全室的密道。你也可以通过这条密道去皇宫里别的地方，但去安全室是它的主要用途。”他叹了口气，“虽然有点儿不当使用，可是我想是值得的。”

麦克森把手放在一个隐藏的开关上，衣柜和后面的门就自动打开了。我看到他朝着里面露出了笑容：“时间刚刚好。”

“我怎么可能错过呢。”另一个声音回应。

我倒抽了一口冷气，这个声音不会是我心里所想的人吧！绕过这巨大的家具和麦克森，里面站着一个穿着简朴的衣服、头发梳成结的人，是玛莉。

“玛莉？”我轻轻地说，以为自己是在做梦，“你在这儿干什么呢？”

“我想死你了！”她呼喊着，张开双臂冲我跑来，我清楚地看到她张开的双手上包扎着纱布，真的是玛莉。

她给了我一大大的拥抱，我们抱着摔倒在地上。我难以理解眼前的一切，眼泪完全止不住，不断地问她究竟在这儿干什么。

当我平静下来后，麦克森跟我说：“就十分钟，我在门外等你。玛莉，你等会儿原路返回吧。”

她向他保证没问题，然后麦克森让我们独处。

“我不明白，”我说，“你不是被送到南部了吗，而且你被降成第八等级了。卡特人呢？”

对我的困惑她只是笑：“我们一直都在这儿，我刚刚开始加入厨房的工作，而卡特还在康复中，不过，他应该不久就能去马厩工作了。”

“还在康复？”我满脑子都是疑问，也不明白为什么这是第一个跳出来的问题。

“是的，他能走了，也能坐能站，但还不能做劳累的工作，在完全康复之前都会在厨房帮忙，他应该会没事的。你看看我，”她向我摊开了两只手，“我们受到很好的照顾，虽然看起来不好看，可是已经不疼了。”

我轻轻地摸了一下她手掌上的疤痕，根本不能相信这就不痛了。但她的确没有往后缩手，所以，我就整只手放在她手掌上，触感很奇怪，可同时也让人觉得很自然。玛莉在这儿，而且我还握住了她的手。

“所以麦克森一直把你藏在皇宫里？”

她点点头：“棍刑之后，他担心要是不管我们的话，我们会受到更多的伤害，所以就把我们留在这儿了。一对在巴拿马有家人的兄妹代替我们被送走了，现在我们用新名字，而且卡特也蓄起了胡子，一段时间之后我们就融入这个环境里了。一开始就没几个人知道我们还在皇宫里，只有几个与我一起工作的厨子和其中一位护士，还有麦克森。我想，没有任何警卫知道这个安排，因为他们都是要向国王汇报的，国王要是知道的话就不堪设想了。”

她摇了摇头，接着说下去：“我们的公寓有点儿小，基本上只能放得下**我们的**床和几个柜子，至少是很干净的。我正在尝试给自己缝一床新被单，但是我……”

“等一下，我们的床？是说，你们睡在一起？”

她露出了微笑：“两天前我们结婚了。我们受刑的那天早上，我跟麦克森说我爱卡特，他才是我想嫁的人，而且我为给他造成的伤害道了歉，不过，他当然是不在乎的。两天前他来找我，跟我说会有比较大的活动安排，如果我们想结婚的话，那个时候是最合适的时机。”

我往前数，两天前是德国联邦代表来访的日子，整个皇宫的工作人员不是在忙当天的宴会，就是忙着为意大利宾客做准备。

“是麦克森送我出嫁的。我不知道这辈子会不会再有机会见到父母了，他们离我越远越好。”

她说这句话时是很痛苦的，而我当然能理解。如果我突然被降成第八等级，那么，我对家里最仁慈的做法也是彻底消失。人们迟早会淡忘，父母最后还是能从伤痛中恢复过来。

为了驱散悲伤的想法，她举起左手朝我晃了又晃，我才留意到缠在她手指上的小布带，只是一个简单的小结，却是清晰的宣言：我已名花有主。

“看来很快我就需要他给我再弄一个了，这一个都磨得不行了。我想，他要是在马厩里工作的话，我估计得每天给他弄一个新的。”她开玩笑地耸耸肩，“不过我倒不介意。”

我脑海里浮现了另一个问题，但又担心问出来会有点无礼，可我又想，这种话题也没办法跟妈妈或肯娜聊：“那么，那你……你知道的？”

她愣了一秒才明白我要问什么，然后就笑了：“噢！对的，我们有。”

我们都咯咯地笑了：“是怎样的？”

“真心话吗？一开始时挺不舒服的。第二次就好多了。”

“噢。”我不知道可以说什么。

“是啊。”

然后就是一小段沉默。

“没有你的陪伴，我太寂寞了，好想你。”我用手抚摸着她手指上那根小绳。

“我也好想你。或许你成为王妃后，我能够常常偷跑上来见你。”

我从鼻子里哼出气来：“我不知道这会不会成真呢。”

“你是什么意思？”她问，一脸严肃，“你还是他最喜欢的，对吗？”

我耸了耸肩。

“发生什么事了？”这个问题充满了关心，但我不想承认这一切都是从失去她那天开始的。这不是她的错。

“只是发生了一些事。”

“亚美利加，究竟怎么回事？”

我叹了口气：“你受刑之后，我生了麦克森的气，花了一段时间才明白过来，他要是有选择的话就不会对你做出这种事。”

玛莉点点头：“他尽力了，亚美利加。他没有办法阻止的，他已经想尽办法让事情不那么严重。所以，别对他生气了吧。”

“现在不了，但同时，我也不确定自己是否想成为王妃。我不知道自己能不能做到他所做的这些事，还有塞莱斯特让我看的杂志里的民意调查，上面写的是人民并不喜欢我啊。玛莉，我得分是最低的。”

“我不知道我有没有这些能力，而且，由始至终我都不是个很好的选择，现在就更是每况愈下了。而且，现在……我想……麦克森想要的是克瑞斯。”

“克瑞斯？这是什么时候发生的事？”

“我也不知道，而且我已经没主意了。但我又觉得可能是件好事，她比我更适合做王妃。而且如果他真的喜欢她，我希望他快乐。他不久之后就需要再淘汰一个人，今天他把我叫出来，我还以为自己要回家了呢。”

玛莉笑了出来：“你真是太荒谬了，如果麦克森对你没有感情，他早就把你送回家了，你还在这儿的唯一原因，是因为他拒绝放弃希望。”

我忍不住发出了一声像哽咽又像笑声的感叹。

“我真想多聊一会儿，可是我得走了。”她说，“我们只是趁警卫换班的空档溜进来的。”

“我只是很高兴看到你没事。”

她把我拉到怀里深深地拥抱了一下：“先别放弃，好吗？”

“还是有可能的，不久就见分晓了。”她松开我，我们面对面站着，“如果他们问我的意见，我肯定会投票给你。我一直认为你是王妃的最合适人选。”

我脸红了："快去吧，代我向你丈夫问好。"

她微笑："我会的。"她敏捷地走到大衣柜前按下机关，我还以为棍刑会让她一蹶不振，事实上没有，她反而更坚强了，现在完全变了一个人。玛莉转身冲我抛来一个飞吻，就消失在密道中。

我迅速地退出房间，发现麦克森就在外面等我。听见有动静，他从手中的书里抬起头来冲我笑，我走过去坐在他身边。

"你为什么不早点告诉我？"

"我要先确保他们安全。我父亲并不知道我这样安排，在我确定不会给他们带来危险之前，我得保密。我希望能多安排你来看她，但是这需要时间。"

我觉得肩上好像一直背着很多砖头，现在它们一下子都掉了下来，轻松了很多。看到玛莉的安心，并且确定麦克森如我想象中那样仁义，还有，他叫我出来并不是要赶我走，这几点都让我彻底地松了口气。

"谢谢你。"我低语。

"不客气。"

我不知道还能说些什么。片刻之后，麦克森清了清嗓子。

"我知道你不太能接受这个职位需要你做的某些事，但这个职位同时能给你很多机会，我觉得你能因此做很多伟大的事。现在，我知道你终于肯把我当成王子了，但你要是成为我的王妃，你就会看得更清楚。"

我看着他的眼睛："我明白。"

"我现在看不透你了，一开始，我看得出来你不在乎我，后来我们之间的关系变了，你看我的眼神也不一样了。现在，有些时候我觉得你对我有感情，有些时候又消失了。”

我点点头。

“我不是在要求你说爱我，更不是要求你现在突然之间决定是否要成为王妃。我只是要知道，你究竟想不想留在这儿。”

这就是问题所在，不是吗？我还是不确定自己能否胜任这份工作，但我确定自己还不想完全放弃。现在看清楚麦克森的善良后，我的心情又变了。有这么多因素需要考虑，我不能放弃，至少不是现在。

麦克森的手放在自己的腿上，而我把手滑进他的手掌下，他鼓励地轻轻捏了我一下。“如果你愿意的话，我想留下来。”

麦克森松了一口气：“我很愿意。”

我匆匆上了个洗手间后就回女士空间了。我坐下来之前并没有人说话，最后是克瑞斯鼓起勇气开的口。

“刚才是怎么回事？”

我不单看了她一眼，还回应了一下所有人盯着我的眼神：“我不太想说。”

我哭过的脸和这样一个回答，肯定会造成刚才见面不是什么好事的印象，不过，如果这么做能保护玛莉，那我很乐意。

真正让我不安的是，塞莱斯特抿着嘴忍住不笑出来，而假装在看杂志的纳塔莉也扬起了眉毛，同时，克瑞斯和伊莉斯给对方投过去一个充满希望的眼神。

看来，我们之间的竞争比我想象的要厉害得多。

THE ELITE

第二十一章

我们安排的宴会并没有在《报道》上提及太多，只是匆匆提到有外宾来访这件事，并没有播出具体的情况，所以免了被羞辱的可能。之后的第二天早上，西尔维亚和王后才来跟我们谈两个组的表现。

“我们派给你们两个很难办的任务，是很可能出大问题的，但我很高兴地宣布，两组人都排除万难做得很好。”西尔维亚对我们每个人都露出了欣赏的眼神。

我们全部都松了口气，克瑞斯和我同时伸出手来握在一起，虽然我因为她和麦克森之间的关系有点别扭，但宴会的安排没有她，我自己根本不可能搞得定。

“实事求是地说，有一个宴会的确比另一个好一些，但是，你们全部都应该为自己的成果感到骄傲才对。我们收到老朋友德国联邦寄来的感谢信。”西尔维亚看着塞莱斯特、纳塔莉和伊莉斯，“尽管有几个不满意的小地方，而且，我不认为我们之中任何人能享受这么严肃的宴会，但宾客们倒是觉得挺不错的。”

“而你们两位，”西尔维亚转向我和克瑞斯，“意大利女宾非常喜欢你们的安排，她们对你们的格调和美食都有很好的印象，而且还特意询问当时用的是哪款酒。做得好啊！因为这次的欢迎宴会，伊利亚国很可能就要赢得一个新盟友了，你们都应该受到赞扬。”

克瑞斯乐出声来了，而我也挤出了紧张的笑声，不单因为熬过了这天大的考验，还因为我们打败了另一组人。

西尔维亚接着说道，她需要编写一份正式的报告提交给国王和麦克森，不过，我们任何人都不需要担心。在她说话的同时，有一位侍女匆匆地走进来，跑到王后身边跟她耳语了几句。

“当然，让他们进来吧。”王后说，并且马上起身往前走。

侍女跑回门前为国王和麦克森开门。我知道没有王后的允许，男人是不能进来的，可是看到这条规则被执行时，还是觉得好笑。

他们进来时，我们全都站起来行了屈膝礼，可他们好像一点都没心情注意礼节。

“亲爱的女士们，我们在新亚洲的战争有了新动向，”麦克森坚定地说，“情况严峻，所以父亲和我决定现在就去，看看有没有我们可以做的事。”

“出什么问题了？”王后捂着胸口问。

“不必担心，亲爱的。”国王充满信心地说，不过，需要他们这么突然赶去的情况，绝非什么不用担心的事。

麦克森走到他母亲身边，轻声而简短地说了几句，王后在他额头上吻别，他则给了她一个拥抱，然后就转身来同我们告别。与此同时，国后跟王后一直在说各种安排和指示。

他和纳塔莉的告别短得几乎说不过去。纳塔莉看起来也不太在意，害我不知道怎样理解才好。面对麦克森缺乏感情的表现，她是真的不在乎呢，还是太在乎反而强迫自己不要表现出来？

塞莱斯特扑到麦克森身上，突然哭起来。这可算是我这辈子第一次见到这么牵强的假哭。这一出戏让我想起了年纪小一点的时候，小梅以为眼泪万能可以满足一切欲望。在他好不容易挣脱出来的同时，她却迅速地亲在了他的嘴上，不过他转身时迅速地擦了擦，当然他在尽量保持风度。

伊莉斯和克瑞斯站得离我很近，所以我听得清他们的告别对话。

“请先打电话给他们，别太为难我们。”他对伊莉斯说。我差点儿忘了她还在这儿的主要原因是她在新亚洲有家族背景，不知道这次战事恶化会不会影响她在这儿的地位。

然后，我突然想到，如果我们输了这场战争，真不知道伊利亚会失去些什么。

“如果你给我一个电话，我会跟我父母说说的。”她答应着。

麦克森点点头，亲了一下伊莉斯的手背，然后走向克瑞斯。

她马上握住了他的手，还是十指相扣的那种方式。

“你会有危险吗？”她轻轻地问，声音有点颤抖。

“我不知道，上次去新亚洲，战况还没有这么紧张，但这次很难说。”他的声音是多么的温柔，让我觉得他们是不是应该私下里才说这么亲密的话。克瑞斯抬头看着天花板叹了口气，在那一刻麦克森却转头看向我，我回避了他的视线。

“一定要小心。”她轻轻呢喃，一滴眼泪从脸上滑落。

“当然了，亲爱的。”麦克森给她一个有点傻气的敬礼，引她一笑，然后亲了亲她的脸颊，在她耳边说，“请尽量陪伴我母亲，不然她会过于担心。”

他直起身来看着她的眼睛，克瑞斯点点头，然后放手让他走。他们放开手的那一瞬间，她全身颤抖了一下。麦克森的手也抖了一下，就像他想拥抱她，可是又放弃了，向我走来。

就好像他上周说的话还不够，现在他们的肢体语言已经清楚地说明他们之间的关系了，而且看起来真实而甜蜜。现在克瑞斯捂住了脸，这个状态足以说明她有多么在乎他，如果这不是真的，那她就是个顶级演员了。

我想从他的脸上判断他看我和看克瑞斯的表情是否一样，他对我是不是没那么温柔？

“我不在的时候，尽量别惹麻烦，好吗？”他开玩笑地说。

他可没跟克瑞斯开玩笑，这代表了什么吗？

我抬起右手：“我保证会乖乖的。”

他咯咯一笑：“很好，少一件让我担心的事了。”

“那我们呢？我们需要担心吗？”

麦克森摇了摇头：“我们应该能摆平现在的事。父亲很有外交手段，而且……”

“有时候你真是个大傻子。”我这么一说，麦克森皱起了眉，“我是指你，我们需要担心你吗？”

他一脸严肃的表情，根本没法儿让我放松下来。

“飞进去再飞出来，如果我们能安全抵达的话……”麦克森咽了一下口水，看得出来他有多害怕。

我还有想问的事，可不知该怎么说才好。

他清了清嗓子："亚美利加，在我走之前……"

我抬头看着麦克森的脸，感到眼泪正在往上涌。

"我需要你知道，所有事……"

"麦克森，"国王大吼一声，麦克森转过头去，等待父亲的指示，"要走了。"

麦克森点了点头。"再见了，亚美利加。"他轻轻地说，然后举起了我的手放在他的唇上。这么做的同时，他留意到我手腕上自己做的手链，看了几眼，眼神中全是困惑，不过还是温柔地亲了我的手，什么都没问。

这轻轻一吻勾起了很久之前的回忆。我来皇宫的第一天晚上，冲他吼叫之后，他就是这样亲了我的手背，而且还让我留了下来。

所有女孩的注意力全都在国王和麦克森离开这一幕上，这个时候我看了看王后，她整个人看起来非常虚弱。她的丈夫和孩子要历经多少次危险，她才会崩溃呢？

大门关上的那一刻，安伯莉王后眨了几次眼，深深吸了口气，马上就打起了精神。

"抱歉了，女士们，这个突然的消息需要我去处理很多事情，我想我最好回自己的房间，集中精神办这些事。"她很用力地挣扎着，"要不我让人把午餐送到这儿来，你们想什么时候吃都可以，然后今晚我们再一起共进晚餐？"

我们点点头。"很好。"她说，然后转身出去了。我知道她是很坚强的人，在一个比较贫穷的省份成长，参与选妃之前是在一间工厂工作。她成为王妃之后，小产过几次，最后才生下一个孩子。她的地位要求她在回到自己房间前，都不能表露出任何不妥，但是她一旦独处后，应该会哭出来吧。

王后走了之后，塞莱斯特也走了。而后我也没必要留下来，所以我决定回到房间，一个人待着、思考。

我一直在想克瑞斯的事，她和麦克森怎么可能突然就这么亲密了呢？不久之前，他才跟我许诺关于未来的种种，在他跟我说那么亲密的话的同时，不可能对她也感兴趣啊，所以，肯定是在那之后发生的。

那一天很快就过去了，晚餐之后，我的侍女们沉默地帮我梳洗整理，不过，她们突然的一句话却把我从沉思中拉了回来。

“小姐，你知道今天早上我在这儿见到谁了吗？”安妮一边给我梳头，一边说。

“谁？”

“警卫莱杰。”

我僵住了，但很快就恢复正常。“哦？”我说，只盯着镜子里的自己看，等着她们说下去。

“是的。”露西说，“他说他在检查您的房间，好像是出于什么安全考虑。”她的表情有点困惑。

“真是有点奇怪。”安妮说，回应了露西的表情，“他当时穿着便服，并不是制服，在休息的时间不应该做安全检查啊。”

“他对工作真是太尽心了。”我表现得毫不关心地评价道。

“我也觉得是呢。”露西露出很崇拜的样子，“每次我在皇宫里看到他，他都很专注，是个很好的士兵。”

“真的。”玛丽实事求是地说，“有一些来了又去的男人，根本不适合这份工作。”

“而且，他穿着便服也很好看，其他很多士兵只要换上便服就特别难看了。”露西评价道。

玛丽咯咯地笑，脸也红了，连安妮也露出了笑容。她们已经有很久没这么放松了。如果不是此时此景，说点警卫们的八卦应该很有意思，可今天我完全没有这个心情。我满脑子想的是，现在我的房间内藏了艾斯本的信，我好想偷偷看一眼我的小瓶子，不过我真的不敢。

好不容易等到她们离开，我还得强迫自己再等几分钟，确保她们不会回来。然后，我冲到床边拿起了小瓶子，的确有一张小纸条在里面等着我。

麦克森走了。这会改变很多事。

THE ELITE

第二十二章

“哈喽？”我按着艾斯本前几天给我的指引走到这儿，轻轻地试探着。我警觉地走进房间，里面唯一的光源是透过窗纱射进来的夕阳，不过也足够让我看清艾斯本脸上的兴奋了。

我关上身后的门，他马上跑过来把我抱了起来。

“我好想你。”

“我也好想你。之前我一直忙宴会的工作，几乎连喘气的时间都没有。”

“幸好结束了。你找到这儿有困难吗？”他开着玩笑。

我咯咯一笑：“说真的，艾斯本，你实在是太专业了。”他的主意简单得几乎有点可笑。王后对皇宫的管理是比较宽松的，又或许是她有点分神，不管怎样，她让我们自己选择在哪儿吃晚餐：可以留在房间里，也可以下楼吃。我的侍女们服侍我穿戴整齐，然而我根本没有下楼，只是走到走廊另一边巴列艾的房间里。这一切简直易如反掌。

他对我的称赞露出了笑容，然后把我抱到房间角落里他准备好的一堆枕头上："感觉舒服吗？"

我点了点头，以为他也会坐下来，但他没有，而是推过来一张大沙发把门挡住，然后还拉过来一张桌子掩护住坐在地上的我们。最后，他拿起桌上的一个小包袱，坐在我身边，一股食物的味道扑鼻而来。

"跟家里的感觉很像吧，嗯？"他坐在我身后，让我坐到他两腿之间。这个姿势和狭窄的空间的确让我感觉好像回到了老树屋，就像把一件我以为已经遗失的宝藏找了回来，而且完整地放在了我的手上。

"现在感觉更好了。"我叹了口气，靠在他身上。一会儿之后我感觉到他的手指在梳理我的头发，这让我浑身发抖。

我们沉默地坐好一会儿，我闭上眼，听着艾斯本的呼吸。不久之前，我和麦克森也会这样。但是，这个不一样，因为如果有必要，我在人群里都能听得出艾斯本的呼吸声。我太了解他了，而他也很了解我。这一刻的美好安宁是我一直在争取的，而艾斯本让它成真了。

"你在想什么呢，亚美？"

"很多事。"我叹口气，"家，你，麦克森，选妃。所有的事。"

"这些事情你都怎么想的？"

"多半我都没想明白，比如，我以为我明白发生在自己身上的事，可一旦有所改变，我的情绪也跟着变了。"

艾斯本沉默了片刻，然后他开口时，语气里充满痛苦的情绪："你对我感情变了很多吗？"

“不是！”我挪得更贴近他，“无论任何情况，你是唯一不变的。我知道，就算天翻地覆，你还是会在这儿，这个不变的地方。发生了很多事，害我对你的爱被挤到了一旁，但我知道它一直在那儿。这么说你明白吗？”

“明白。我知道我把这一切变得更复杂了，但我很高兴我并没有失去参赛的资格。”

艾斯本双臂拥抱着我，就像这样能永远留住我。

“我没有忘记我们之间的感情。”我承诺着。

“有时候，我觉得麦克森和我之间有一种类似选妃的竞争，我和他之间，最终只有一个人能得到你，而我无法想清谁更悲惨。麦克森根本不知道我们在竞争，所以他有可能不会那么尽力。不过话又说回来，我是需要隐藏起来的那一个，而且我根本给不了你他能给你的一切。所以，无论如何，这都不是一场公平的竞争。”

“你不应该这么想。”

“我真不知道该怎么想，亚美。”

我吸了一口气：“我们别谈这个吧。”

“好吧，我也不想谈他。那么，其他你想不清楚的是什么事？究竟怎么了？”

“你喜欢士兵的工作吗？”我转身面向他问。

他充满热情地点头，同时打开包裹里的食物。“我爱这份工作，亚美。我原来以为自己会讨厌做士兵，实际上却很美好。”他拿出一块面包塞到嘴里，继续说，“你看，最明显的好处是，我现在总能吃饱饭。他们希望我们强壮，所以为我们提供很多食物，还有那些营养剂。”他边想边说，“他们也并不是那么坏，而且，我还能得到补贴。尽管他们已经提供所有我需要的东西了，还是会给我钱。”

他停下片刻，玩弄着手里的一片橙子：“你懂得能把钱寄回家里的感受。”

我能看出来，他现在心里想的是他妈妈和六个弟妹。长子为父，他在家里一直是这个角色，不知道这一点会不会让他比我更挂念家里。

他清了清嗓子，接着说：“当然，也有其他我没想过会喜欢的事情。我非常享受现在的纪律严明和规程，我喜欢这种知道自己的工作很必要的感觉。我觉得……很满足。清点存货和打扫的工作，已经让我不安了好几年，现在，我觉得我在做命中注定要从事的工作。”

“所以这是一个很确定的正面回答？你爱这工作？”

“非常爱。”

“但是，你不喜欢麦克森。而且，你不喜欢伊利亚的政权制度。以前在家的时候，我们曾经聊过，而且现在还有南部人民被降级那些事情。我知道这些事也让你困扰。”

他点头：“我觉得很残忍。”

“那你怎么可能还要保护这个政权呢？你和反叛分子战斗，是为了保护国王和麦克森，而他们是这些混乱的源头，你根本不喜欢他们所做的事情。那么，你怎么会爱你的工作？”

他一边嚼着口中的食物一边思考着。“我不知道。我想，这的确没什么道理，但是……好吧，就像我刚才说的，这工作给我一种使命感，那种有挑战而且被需要的感觉，还有这一生能做一点事的感觉。伊利亚可能不完美，实际上，离完美还很远，但是我……我有希望。”他简单地总结。

这个词一说出来，我们都默默地感受着它的分量。

“我觉得很多事情已经比从前有所改善，尽管我对历史并没有了解到我能证明这种想法的程度。而且，我觉得未来很多事情会变得更好，这是有可能的。

“或许这听起来很傻，可这是我的国家啊。我知道它现在**残破不堪**，可也不代表这些反政权分子能把一切推翻。这还是我的国家。这么说是不是有点儿疯狂？”

我咬着面包，思考着艾斯本的话，这让我感觉好像回到了树屋，那时我总是问他各种各样的问题，就算我不完全同意他，讨论也会让我对事情有更好的理解。现在我并不同意他的观点，然而，他的说法帮我想明白隐藏在心里的念头。

“一点都不疯狂，反而是很合理的。”

“这对你在想的事情有任何帮助吗？”

“有啊。”

“那你要跟我解释一下吗？”

我对他笑了笑。“还不能。”但艾斯本是很聪明的，他应该已经想到了，他眼睛中闪耀着的智慧告诉我他已经知道了。

他望着别处一小会儿，同时在抚摸我的手臂，最后停在了我手腕上缝着袖扣的手链上：“我们真是一团糟了，对不对？”

“一大团。”

“有时候，我觉得我们已经被缠成一个死结，根本解不开。”

我点点头：“是的，一大部分的我被缠在你身上了，没有你的时候，我会很迷茫。”

艾斯本把我拉近，一只手从我的太阳穴滑落到脸颊上：“那么，我们还是别打开这个结吧。”

他温柔地吻了我，就好像稍微再用点力，这一刻就会粉碎，我们就会失去这一切。或许他是对的。然后他轻轻地把我放平在枕头堆上，抱着我，抚摸着我身上的曲线，不停地吻着我。这一切多么熟悉，多么令人安心。

我摸着艾斯本如今剪得短短的平头，回忆着从前他吻我的时候，头发总是扫到我的脸，痒痒的。我感觉他抱着我的双臂比以前粗壮了很多，甚至他抱我的方式也有所改变，里面有着更多的自信，那是成为第二等级、一名士兵之后所得的信心。

时间过得很快，我该回去了，艾斯本把我送到门口。他依依不舍地再次吻了我，害我有点儿飘飘然。“我会找机会尽快给你下一张字条的。”他答应我。

“我等你。”我靠着他，有片刻的不舍。然后，出于安全的考虑，我必须得走了。

我的侍女们为我梳洗准备睡觉，这个过程我完全是晕乎的。以前，我以为选择只是二选一：麦克森或者艾斯本。而今我的心不单不能简单地做出选择，还衍生出了更复杂的东西。我究竟是第五等级还是第三等级？这件事过去之后，我会是第二等级还是第一等级？我以后是要成为一名警卫的妻子，还是国王的妻子？我还能像以前一样融入社会大背景中吗，还是要逼自己站在聚光灯下？两者之间我能开心地切换吗？如果我选择艾斯本，我对麦克森最后所选的人能没有怨恨吗？如果选择的是麦克森，那么我又能对艾斯本选的人没有恨意吗？

我上床关了灯，提醒着自己，留在这儿的决定是自己做出的。艾斯本的确曾求过我，我妈妈也曾逼过我，可没有人硬按着我去填那张选妃申请表。

无论发生什么事，我唯有面对。必须要面对。

THE ELITE

第二十三章

我进去饭厅时向王后行了屈膝礼，但她根本没有留意到。我往伊莉斯的方向看过去，她是唯一一个已经到了的，而她只是向我耸了耸肩。纳塔莉和塞莱斯特进来的时候我正要坐下，她们进门时行的礼也没有被注意到。最后进来的是克瑞斯，她一路都盯着安伯莉王后，然后坐到了我的旁边。王后好像魂游到了另一个世界，盯着地板，又或是偶尔满眼担忧地望着麦克森和国王的空椅子。

男管家们开始为我们上晚餐，大部分人都开始进食了，而克瑞斯一直盯着前桌看。

“你是知道发生了什么事吗？”我轻声问她。

克瑞斯叹了口气，然后转向我说：“伊莉斯打电话回家想要了解一下最新情况，而且想让她的家人见一下刚到新亚洲的麦克森和国王，可伊莉斯的家人却说他们根本没去过。”

“没去过？”

克瑞斯点头：“奇怪的是，国王在飞机抵达后还打过电话回来，他和麦克森都跟安伯莉王后说过话。他们报了平安，而且跟她说的是在新亚洲，可伊莉斯的家人却坚持说他们并没有去。”

我挠了挠额头，努力去理解这种情况：“这意味着什么呢？”

“我不知道。”她坦白地说，“他们明明说在那边，那么，又怎么可能没去呢？根本就不合常理。”

“嗯。”我应了一声，不知说什么好。为什么伊莉斯的家人会不知道他们已经到了？或者，他们真的不是在新亚洲？那么，他们会在哪儿？

克瑞斯挨我近一点说：“还有别的事我想跟你谈谈，”她压低声音，“早餐之后我们可以去花园里走走吗？”

“当然可以。”我回答，期待着她告诉我她所知道的消息。

我们都吃得比较快。我不清楚她知道些什么，但由她叫我出去聊来看，肯定是需要保密的内容。王后心不在焉，根本没有留意到我们离席。

走进阳光充沛的花园让人精神一振。“我们有好一阵儿没有出来了。”我边说边闭上眼，感受着阳光洒在脸上的温暖。

“你通常会和麦克森来这儿，对吧？”

“嗯。”我不禁好奇她是怎么知道这点的，是不是大家都知道？我清了清嗓子：“那么，你想要出来谈什么呢？”

她走到树下的阴凉处，转身面对我：“我想，你我应该谈一谈麦克森。”

“他怎么了？”

她有点儿紧张：“嗯，我本来已经做了要输的准备，我想，除了塞莱斯特之外，我们都有这个心理准备。亚美利加，他想要的是你，那实在是太明显了。然后，发生了玛莉的事，所以一切都变了。”

我不太确定怎么回应：“那么，你是想告诉我，你很抱歉现在自己变成了第一位吗？”

“不是！”她很坚定地说，“我看得出来，他还很在乎你，我不瞎。我只是想说，我觉得你和我现在应该是打了个平手。我喜欢你，我觉得你是个很好的人，而且无论发生什么，我不想事情变得太难看。”

“所以这是……？”

她双手合十，仔细考虑着合适的用词：“我想来坦白我和麦克森之间的关系，而我希望你也能一样坦白。”

我双手环抱着自己，直接问出那个一直缠绕在我心头的问题：“你们什么时候变得这么亲近的？”

她的眼神变得有点儿迷离，手中把弄着自己淡棕色的头发：“我想应该是玛莉的事之后吧。听起来可能有点傻，我就是给他做了一张慰问卡。我在家时，朋友们不开心时我都会为他们做一张卡。不管怎样吧，他很喜欢，说还没有女孩子给他送过礼物呢。”

什么？噢，天哪！他为我做了那么多，我真的完全没有为他做过任何事吗？

“他开心得邀请我去他的房间坐了一会儿，而且……”

“你去过他的房间？”我震惊地问。

“是的，你没去过吗？”

我的沉默便是她想要的回答。

“噢，”她有点尴尬，“嗯，你并没有错过什么。里面很暗，而且还有放枪的架子，有一面墙上贴满了乱糟糟的照片，没什么特别的。”她挥着手把这个话题带过，“不多说了，就是那之后，他一有时间就来找我。”她摇了摇头，“一切都发生得太快了。”

我叹了口气。“他说了一句需要我们俩都留在这儿的话。”我坦白，“他基本上是这么跟我说的。”

“所以……”她咬着嘴唇，“你比较确定他还喜欢你？”

她不是早就这么怀疑了吗？所以她只是想从我嘴里再听一遍了？“克瑞斯，你真的想要知道吗？”

“是的！尽管我们不能做什么决定，可这不代表我们完全要被牵着鼻子走。”

我原地绕着圈，想要想清楚这一切。我不觉得自己有勇气问麦克森关于克瑞斯的事，我甚至不能跟他聊我自己。但我常常觉得我并不清楚自己的立场，或许，这次是我唯一能够搞明白的机会。

“我比较确定他现在还希望我再留一阵子，但是，我想他同时也希望你留下。”

她点点头：“我也这么想。”

“他吻过你吗？”我冲口而出。

她有点害羞地笑了：“没有，但我觉得要是我没说希望他先不要吻我，他应该已经吻了吧。我的家族传统是在订婚之后才会接吻，有时候大家会安排一个派对来宣布他们的结婚日，然后所有人都会见证第一个吻。我想要这样。”

“但他试过要吻你？”

“没有。在我们走到那个情况之前我就说过我的立场了。不过，他倒是常常吻我的手，有时候是脸颊，我觉得这样也很美好。”她滔滔不绝地说。

我点了点头，看着地上的草。

“等会儿。”她有点迟疑地问，“他吻过你？”

我内心有一部分想炫耀我是他的初吻，而且我们接吻时，时间好像停止流转。

“差不多。挺难解释的。”我闪躲着。

她露出不满：“不，不会的。究竟他吻过你没有？”

“挺复杂的。”

“亚美利加，如果你不说实话，那这就是在浪费时间。我来这儿是想和你坦诚地谈一谈，这对我们双方来说应该都有好处。”

我站在那儿握着双手，努力寻找语言来说明白自己的想法。我并非不喜欢克瑞斯，如果我要输，那么我希望胜出的是她。

“我是想和你做朋友的，克瑞斯，而且我以为我们早已是朋友了。”

“我也是这么想的。”她轻轻地说。

“我只是不太习惯和别人分享这么私人的事情，虽然我很感谢你的坦诚，而且我也提问了，可我不确定自己想知道那么多。”我说得很快，她看起来也有话要说，“我早就知道他对你有感情，我看得见，不过我想，目前这一个阶段，情况还是不明朗。”

她微笑：“我可以尊重你的想法。不过，你能不能帮我个忙？”

“当然，如果我能做到的话。”

她咬着唇看着别处好一会儿，当她转回来看我时，眼中泛着泪光：

“如果你确定他不想要我的话，可否给我一个友善的提示？我不知道你的感觉是什么，但我是爱他的，所以我想有心理准备，如果你确定知道他的心意的话。”

她爱他。她大声说出来了，毫无畏惧。克瑞斯爱麦克森。

“如果他跟我确定地说出来的话，我会告诉你的。”

她点了点头：“还有，或许我们还能互相承诺，不会故意阻拦对方？我不想那样赢，我也不觉得你会想那样赢。”

“我不是塞莱斯特。”我有点厌恶地说，她就笑了，“我答应你公平竞争。”

“那么，好吧。”她擦了擦眼角，整理了一下裙子。我看得出，王妃的皇冠戴在她的头上会多么优雅。

“我得走了。”我说了个谎，“谢谢你主动和我聊。”

“谢谢你跟我出来。如果我问得太多了，请原谅。”

“没关系。”我迈开脚步，“回头见吧。”

“好的。”

我以尽量不显得失礼的速度转身往皇宫里走去，一走到室内，我就加快了步伐，一口气跑到楼上，想要躲起来。

走到二层后，我就冲我的房间走去，路上看到地板上躺着一张纸，对平常一尘不染的皇宫来说，这是很不寻常的。它躺在通向我房间的最后那个转角处，所以我猜那是故意让我看到的。为了确定我的猜测，我翻开来读。

今早又有反叛分子的袭击，这次是在巴拿马。目前的数字是三百人死亡，至少一百多人受伤。这次的主要诉求还是中止选妃，切断皇室血脉。请建议如何回应。

我全身发冷，仔细看这张纸两面上有没有写日期。今天早上又有袭击？就算这张纸写了有几天，那这至少也是第二次了，而且诉求还是中止选妃。所以这就是近期所有袭击的原因吗？他们就是要来除掉我们？如果是这样，是不是北方叛军和南方叛军都在追求同一种结果？

我不知道怎么做才好。我不应该看到这种信息，所以我也不能跟任何人说起。但是，应该知道这个诉求的人们都知道了吗？我决定把纸放回地上，希望会有警卫过来把它带到正确的人手上。

现在，我只能保持乐观，希望有人会回应那张纸上的请求。

THE
ELITE

第二十四章

接下来的两天我都在房间里进餐，因此星期三之前我都成功地躲开了克瑞斯。我以为到这个时候就不会尴尬了，可是我错了。我们相视一笑，可我实在没办法主动说什么。我差一点儿就希望到房间的另一头坐到塞莱斯特和伊莉斯之间。差一点儿。

在甜品上来之前，西尔维亚穿着高跟鞋冲了进来，屈膝礼行得特别匆忙，然后她走到王后的身边跟她耳语。

王后倒吸了一口气，然后跟着西尔维亚跑了出去，把我们留在饭桌上。

虽然我们被教导不能大声说话，但这一刻，谁都无法控制自己。

“有人知道发生什么事了吗？”塞莱斯特大声说，非同寻常地关心。

“他们不会受伤了吧？”伊莉斯说。

“噢，不！”克瑞斯深吸了口气，然后便弯下了腰，头放在桌子上。

“没关系的，克瑞斯，吃点东西吧。”纳塔莉安慰着。

我说不出话来，根本不敢去想这是什么意思。

“万一他们被抓了呢？”克瑞斯把忧虑说出口了。

“我不认为新亚洲的人会这么做。”伊莉斯说，不过我看得出来她也在担心。但我不确定她的担心单纯是为了麦克森的安危，还是那个地区的人民但凡做了什么过分的事，都会让与之有关的她失去成为王妃的机会。

“万一是他们的飞机出问题了呢？”塞莱斯特轻轻地说。

我惊讶地看到，抬起头的她，脸上有着真实的恐惧，这表情足以让所有人都沉默。

万一麦克森死了？

安伯莉王后和西尔维亚回来了，我们都充满渴望地看着她俩。王后一脸开心的表情让我们都松了一口气。

“好消息啊，女士们，国王和王子今晚就会回来了！”她几乎是唱出来的。

纳塔莉拍起了手，而我和克瑞斯则同时放松地靠回椅背上。我这才明白，刚过去的几分钟之内，我的身体有多么紧绷。

西尔维亚插嘴进来：“因为过去几天他们都太辛苦了，我们决定不安排庆祝活动。而且得看他们什么时候才能从新亚洲出发，我们睡觉前可能未必等得到他们。”

“谢谢你，西尔维亚。”王后很有耐心地说。说真的，谁在乎那个？“女士们，抱歉了，我有些事情要去办。请你们享用甜品，晚安了。”她说完就转身出去了，步伐之快就像是飘了出去。

克瑞斯一会儿也出去了。她也许是要去做一张欢迎回家的卡。

我尽快吃完回到楼上，在走到离我房间比较近的走廊时，我看到穿着侍女服的金发女孩正往远处的楼梯跑去。那是露西，听起来她正在哭。看起来她不想引起别人的注意，所以我并没有开口叫住她。走到我房间的角落时，我看到房间门大开着，里面的声音清晰地传了出来，那是安妮和玛丽的争吵声，我在这儿听得清清楚楚。

“你为什么总是对她这么严厉？”玛丽抱怨道。

“那我应该怎么跟她说？是跟她说她想要什么都能得到吗？”安妮反驳。

“没错！你就说你对她有信心，那能掉块肉吗？”

发生什么事了？这就是她们最近疏远的原因吗？

“她太心高气傲了！”安妮指责，“如果我给她不切实际的期待，那才是不友善。”

玛丽的声音充满了讽刺：“噢，那么你跟她说的一切都很友善喽？你不过是嫉妒！”她指控着。

“什么？”安妮反应很大。

“你嫉妒，你受不了她离你想要的东西比你更近。”玛丽大叫出声，“你一直都看不起露西，因为她不像你一样是在皇宫里长大的，而你对我也有嫉妒，因为我也是在这儿出生的。你为什么不能满足于自己的情况呢？为什么总要站在她身上才能感觉良好？”

“我并没有这么做！”安妮的声音表明她快崩溃了。

急促的哭泣声让玛丽住了嘴。换了是我，我也会住嘴，因为没人能想象安妮哭是什么样子。

“我想要更多，难道就错了吗？”她泣不成声地反问，“我知道我的职位是种荣誉，而我也很高兴能做这份工作。但我不想一辈子都做这份工作。我想要更多。我想要一个丈夫。我想……”最终她还是泣不成声。

我的心也应声而碎。对安妮来说，唯一能离开这份工作的出路就是嫁人。但在皇宫里又怎么可能会有很多第三或第四等级的人出现，等着挑一个侍女回家做妻子呢？她的确没什么好出路。

我叹了口气，努力平静下来，然后走了进去。

“亚美利加女士。”玛丽朝我行了屈膝礼，然后安妮也行了礼。我眼角扫到她正匆忙地擦去脸上的眼泪。

因为她是个很要面子的人，所以我决定假装看不见她的泪，大步经由她们身边走到镜子前。

“你还好吗？”玛丽接着说。

“我很累。我想马上上床睡觉。”我边说边集中精神卸掉头发上的别针，“这样吧，你们也去休息？我自己弄就可以了。”

“你确定吗，小姐？”安妮问，很用力地让声音显得正常。

“很确定。我们明天见吧。”

她们不需要我再说什么就离去了，真是谢天谢地。她们现在肯定不在状态，而我也不希望让她们这种情况下照顾我。在终于脱掉礼服之后，我便躺在床上想麦克森，想了很久。

我甚至不知道自己在想他的什么，感觉全部都很模糊，可刚刚得知他安全并且在回家的路上时那种巨大的满足感不断地涌现，而且我心里还有一个声音在说，不知道他在外面的这段时间，有没有想起过我。

我在床上辗转反侧了好几个小时。大概凌晨一点的时候，我决定，与其睡不着的话，还不如起来看会儿书。我开了灯，翻出格雷戈里的日记，直接跳过了秋天的记录，翻到了一篇写着“二月”的日记。

有的时候，我不禁为这件事的简单而大笑出声，如果要写一本推翻国家政权的教科书，我肯定是书里最出色的人物。或许，我自己写一本这样的书也不错。我倒是不知道怎么写这第一步，因为没有人真的能逼迫别的国家来入侵，或让傻子们当权。但我一定会鼓励任何一位想成为领袖的人用尽必要手段获取难以计数的巨大财富。

不过，只是成为财迷还不够。你需要拥有这些钱，而且要占据一个可以支配别人的地位。没有从政经验一点儿也没有影响我得到同盟，或者，可以说跟政治没什么关系这一点，反而对我非常有利。根本就没有人相信政客，而且他们也没理由去相信吧？沃利斯给大家开空头支票已经很多年了，大家只是盼望有一个能兑现就不错了，可是，真没有任何机会能兑现啊。我就不同了，我能给大家提供更多的想法，没有任何承诺，只是对事情能有起色的一丝幻想。现在都已经到了这种地步，这个改变实际上是什么，根本无所谓，他们实在太绝望了，根本没法儿在乎，他们甚至不想过问。

或许关键就在于，别人慌乱时你却保持镇定。沃利斯现在很不受欢迎，就差把总统的位子拱手让给我了，根本不会有任何人抱怨。我会面带微笑地什么都不说、不做，直到身边的人再也忍不下去，只要瞄一眼我身边这个懦夫，就根本没人会反对，我站在讲台上跟别国总理握手的样子比他要好太多了。而且，沃利斯还特别需要一个人民喜爱的人在他身边，我非常肯定，只需几个不起眼的合作条款，我就能把自己放在管理一切的位子上。

这个国家是我的。我觉得自己就像一个在下一盘明知自己会赢的棋的小男孩，因为我比他更聪明、更有钱，而且人民毫无理由地就喜欢我，到有一天有人停下来去细想原因的时候，一切都不再有关系了。到时，我想怎样就怎样，没有谁能够阻止我。所以，下一步是什么呢？

我觉得是时候击垮这个体制了，这个共和国已经一片狼藉，几乎无法运转。真正的问题是，我要和谁结盟？我如何把这件事变成公众求之不得的事？

我倒是有个想法，不过我女儿不会喜欢的，可我不太在意，也是时候让她把“小我”贡献出来了。

我猛地把书合上，满脑子混乱和失望。我是看漏了什么吗？击垮什么体制？成为人民的主宰？所以我们的国家制度根本不是因为出于必要，而是因为方便？

我想过要在书中翻出关于他女儿后来之事的记录，但我的心已经很乱了，所以决定放弃。随后我走到阳台上，希望新鲜的空气能帮助消化刚才读到的内容。

我抬头看天，想要理清刚才的信息，却根本不知从何下手。我叹了口气，环视下面的花园，看到了一个白色的身影，是麦克森独自一个人在那儿散步。他终于回家了。他的上衣下摆没有束进裤子里，也没有戴领带或穿外套。这么晚他在外面干什么呢？我看到他手上拿着一个相机，对他来说，这肯定是一个很难熬的夜晚吧。

我犹豫了片刻，可是，如果不跟他说，我又能跟谁聊这件事呢？

“嘘！”

他马上回头四下寻找声音来源，我又再次叫他，挥着手直到他看见我。他挥手示意看见我时，脸上挂着惊讶的笑容。我拉着耳朵希望他能看到，他也做了同样的动作。我指了指他，然后再指着我的房间。他点了点头，举起了一根手指跟我说很快就到，我冲他点了点头后就回到室内，他也一样往室内走。

我穿上睡袍，用手指梳了下头发，希望至少能稍微正式点儿。可是我根本不知道怎样开口去谈这件事，因为这代表着我要问麦克森，他虽处于上位，但似乎并不符合利他原则，而且事实与大众接收到的、相信的，大有出入。我正在想他为什么这么久还没到，他就敲门了。

我匆匆走过去开门，迎来的是他相机的镜头，那一刻他拍到了我惊讶的笑容。可我后来的表情变成我对这个小恶作剧的不满，他却边笑边把这个表情也拍了下来。

“你真过分。快进来。”我拉着他的手臂拖他进屋。

他跟着我走：“抱歉啦，没忍住。”

“你可够久的。”我走到床边坐下，想要说他两句。他走到我身边，也坐了下来，留了一个可以正对着彼此的距离。

“我要先回自己房间一趟。”他把手中的相机小心地放在我的床头桌上，瞥了一眼那个放着一分钱的瓶子，发出了一声近乎干笑的声音，然后又转回来看我，并没有解释他为什么要绕回房间再过来。

“噢。你的旅程怎样？”

“很奇怪。”他接着解释说，“我们居然去了新亚洲的农村地区，父亲说那儿有一些战况，可是当我们到达的时候，什么事情都没有。”他摇了摇头，“说真的，这说不通。我们花了几天时间走遍了几个老城，和当地人聊天。而父亲对我的语言能力相当不满，要求我多加学习，就好像我最近一直都很闲。”他说完叹了口气。

“这还真是有点怪。”

“我猜这应该是一个测试，最近他总是不定期地对我进行测试，所以我根本不知道什么时候是，什么时候不是。这次出行可能是测试我做决定的能力，又或是面临意外情况时的反应吧。不过我也说不好。”他耸了耸肩，“无论是哪种，我很确定自己已经失败。”

他的双手无意识地摆弄着衣角：“同时，他还很想和我谈选妃的事，我想，他是觉得距离对我有好处，能让我看清楚。而实际上，其他人总跟我聊这个本来只能由我自己做的决定，我已经很厌倦了。”

我知道，国王希望他想清楚的意思，是要把我从麦克森的脑海里清除掉。我看到他在走廊里是如何冲其他女孩点头微笑的，他可从来没有对我笑过。这一刻我觉得很不舒服，也不知道说什么才好。

看来麦克森也不知道。

我决定现在不问他日记内容的事，不是时机。对于他想要领导国家的方式，以及他想成为什么样的国王这些想法，他总是很谦虚，所以我不可能在完全不清楚他知不知情的情况下，就逼他给一个说法。可是，我脑海里倒真有一个角落藏着担忧，也许他并没有分享他知道的所有信息？但在我主动提起此事前，心里必须得有底。

麦克森清了清嗓子，然后从口袋里拿出一条手链。

“我刚才不是说到我们去了很多城镇吗，然后我在一个老妇人摆的摊上看到这个，是蓝色的。”他特意点了理由出来，“你好像挺喜欢蓝色的。”

“我爱蓝色。”我轻轻地说。

我看着这条小小的手链。几天前，麦克森在地球的另一边，然后他看到这条手链……这让他想起了我。

“我没有给别人带任何东西，所以你可以把这当成我俩的秘密吗？”我同意地点了点头，“你倒从来不是爱炫耀的人。”他喃喃地补了一句。

我的注意力没办法从手链上移开，它很低调，打磨过的配石应该不是什么宝石。我伸手摸了摸其中一颗椭圆的珠子，然后麦克森也拿着它在手中把玩，害我不由自主笑了。

“你想让我帮你戴上吗？”

我点头，伸出没有戴着艾斯本那个纽扣的另一只手。麦克森把这串凉凉的珠子放在我的皮肤上，然后系上了丝带。

“真好看。”他说。

冲破所有忧虑涌上来的是希望。

希望让压在我心头上的大石变轻了，也让我开始想念他。好想把万圣节之后发生的所有事一笔抹掉，回到那个晚上，那两个在舞池里忘我起舞的人身上。可是一想到这儿，我的心又沉了下去，如果时间能倒回万圣节，我真的没理由去怀疑这份礼物。

就算我真如我父亲说的那么好、艾斯本说的那么棒……我还是成不了克瑞斯那样。克瑞斯比我好。

我好累，压力好大，心里很混乱。终于我忍不住哭了出来。

“亚美利加？”他小心翼翼地问，“发生什么事了？”

“我不明白。”

“你不明白什么呢？”他轻轻地问。我不禁想到，他现在面对哭泣的女孩子真是淡定多了。

“你。”我直说了，“我现在真是想不明白你。”我举手擦了一边脸上的泪，然后，麦克森温柔地帮我擦去另一边脸上的泪。

再次感受他如此温柔的触碰，真是有点不自然，可同时，又有一种熟悉的感觉，让我觉得如果他不帮我擦眼泪也不对。眼泪擦干了，他的手却留在我脸上，轻抚着我的脸颊。

“亚美利加，”他很认真地说，“如果你想知道任何有关我的事，关于我在乎什么事，或我是什么样的人，你只需要开口问就是。”

他看起来是多么诚恳，我几乎就脱口求他告诉我所有的事：他是不是一直都有考虑克瑞斯？他知道不知道日记的内容？手上这条漂亮的手链为什么会让他想起我？

但我又如何能确保他说的是真话？而且，我慢慢地明白，他才是理智的选项。可是，艾斯本又怎么办？

“我不知道自己做好问你的心理准备没有。”

麦克森思考了一下，然后看着我说：“我明白，至少我觉得自己明白了。但是我们很快就需要谈一些很重要的事情，当你准备好了，我就在这儿。”

他没有逼问，相反地，他起身告辞，冲我鞠了个躬，然后拿起相机往门外走去，出去前他又转头看了我一眼。而我惊讶地发现，看着他离开的背影，我的心很痛很痛。

THE ELITE

第二十五章

“辅导课？”西尔维亚问，“是说，一星期上个几次吗？”

“当然。”我回答。

自从到了这儿之后，这是我首次真心感谢西尔维亚。我知道她一定无法拒绝有人自觉地听从她的每句教导，如果她让我多做一些功课，那我就可以让自己忙碌起来。

麦克森、艾斯本、日记和其他女孩对现在的我来说都太复杂了。学习规则非黑即白，提交法规提案也有清楚的步骤，这些才是我该学习的事情。

西尔维亚看着我，还是有点没反应过来的感觉，然后，她咧嘴露出一个大大的笑容，立马给我一个拥抱，同时大声说：“噢，那肯定会很棒的，你们之中终于有人明白这有多重要了！”她松开我后接着说，“你想什么时候开始？”

“现在？”

她喜上眉梢：“那我去拿几本书来。”

我马上投身学习。感谢她把这些文字、表格、数字塞进我的脑袋。就算不和西尔维亚在一起，我也在女士空间里读她留给我的那些材料，完全不在意其他女孩的存在。

我努力学习，也期待着下一次我们所有人一起上课的时刻。

一起上课时，西尔维亚上来就问我们对什么东西最感兴趣，我在纸上写下了家庭、音乐，然后，就像那个词本身有魔力似的，我还不由自主地写上了“公平”两个字。

“我之所以问大家，是因为王后一般都会加入某个对国家福利有影响的委员会。以安伯莉王后为例，她创办了一个专门训练家庭成员如何去照顾家里病人的项目。有很多人身体或精神上出了问题后，因为家里没有能力照顾，就被遗弃在街上，所以第八等级的人数慢慢增长到一个无法管控的数量。过去十年的人口统计证明，她的项目有效控制了这个数字的增长，进而让大众的生活环境得到改善。”

“是要我们想出类似的项目吗？”伊莉斯的问话不无紧张。

“是的，这是你们的新挑战。”西尔维亚说，“在两周后的《首都报道》上，你们要展示各自的点子，并且提出启动方案。”

纳塔莉发出惊叹，塞莱斯特则翻了下白眼。克瑞斯看起来已经胸有成竹了，她的热情让我觉得很有压力。

我记得麦克森谈到过，近期要再淘汰一个人。虽然克瑞斯和我稍微有一点儿优势，但我还是觉得紧张。

“这真的有用吗？”塞莱斯特问，“我情愿学习一些我们真的能用得上的知识。”

从她那种担心的语气中，我能看出，她要不是觉得这个主意很无聊，就是感到有威胁了。

西尔维亚一脸震惊："你会用到这个的！无论是谁成为王妃，都要负责慈善项目。"

塞莱斯特念念有词，把弄着手中的钢笔。我真是太讨厌她这种只想要地位，却一点儿不考虑相应职责的态度了。

我比她更有能力做王妃，我心里这么想。那一刻，我明白了这其中的真相，虽然我没有她的人脉关系，也没有克瑞斯的端庄，可我至少是真心关心这个国家的。这难道不算数吗？

很长的一段时间以来，我第一次觉得兴奋，就像有一股电流通过全身。这是一个让我能告诉所有人，我跟其他女孩如何不一样的机会，所以我下定决心要全身心投入，希望能想出一个真正能引起改变的项目。或许，长远来说，我还是会输，或许，我未来甚至不会想要胜出，但现在我会尽力去靠近一位合格王妃所需要的素质和能力，然后，我就可以不再那么纠结于整个选妃了。

太绝望了。我绞尽脑汁都想不出一个慈善项目，不断地想啊想，又读了很多材料，然后又想好久。我也问过我的侍女们，她们也没什么点子。本来我也想过去问艾斯本，可是已经好几天没有他的音讯，我猜他是因为麦克森回家了，所以很小心谨慎。

让我压力更大的是，克瑞斯明显已经深入准备她的报告了，每天都不怎么来女士空间，说是要去读材料，而每当她出现的时候，不是在专心看书就是在写笔记。

可恶至极。

到了星期五，我突然意识到，只剩下一周的准备时间，而我的进展却是零，简直想死。在晚上的《报道》里，加夫里尔介绍了下一周节目的安排，解释说下次会先有几个简短的播报，后面的节目时间会让我们来介绍各自的项目。

我的额头上沁出一层汗来。

我发现麦克森在看我，并且他举手拉了拉耳垂。我不知道该怎么办，一边不想答应，另一边也不想轻率地拒绝见面。然后我拉了耳垂，他一脸松了口气的表情。

等他来找我的过程中，我有点坐立不安，一直在摆弄头发，前后踱步。

麦克森轻敲了一下门就推门进来了，他常常如此。我站起来，不由自主地觉得我需要比平时更正式一些，我知道自己有点儿反常，可又没有能力控制自己。

“你还好吗？”他边走过来边问。

“实话吗？紧张。”

“是因为我太英俊了吗？”

我不禁冲着他同情的表情笑了出来。“我应该躲开你的视线才对。”我接着他的笑话说，“不过，实际上，主要是因为那个慈善项目。”

“噢。”他坐到我的桌旁，“如果你希望的话，可以先对我演示一下，克瑞斯就拿我来练手了。”

我一下子就泄了气。她当然都已经做完了。“我现在连一个想法都没有呢。”我坐在他面前坦白。

“啊，这样啊，我明白你为什么压力大了。”

我给他一个“你完全不懂”的表情。

“对你来说什么事情重要呢？肯定会有某些议题对你来说很重要，其他女孩却无感的。”麦克森靠到椅背上，一只手还放在桌子上。

他怎么这么轻松呢？难道他看不出来我有多紧张吗？

“我想了一周，但什么都想不出来。”

他轻笑了起来：“我以为你会是最轻松的那一个呢，因为你比其他四个人合起来吃过的苦头都要多啊。”

“就是啊，可是我从来都不知道如何改变，这才是问题。”我盯着桌面，脑海中浮现了卡罗莱纳省清晰的画面，“我记得所有细节……做苦工的第七等级因为工伤，突然就被降为第八级，理由是他们没有能力继续工作了；在宵禁前到街上游荡的女孩子，出于各种原因上了男人们的床；还有从来都缺东西的孩子们——缺食物、缺供热、缺爱——因为他们的父母要为工作卖命。我自己最惨的日子在我回忆中不算什么，可是要想一个能解决这些问题的方法，”我摇了摇头，“我能说什么呢？”

我看着他，希望能从他的眼睛里看到答案，可是并没有。

“你说得对。”然后，他就沉默了。

我想了想自己刚才说的话，以及他的回应。这意味着他比我想象的要更清楚格雷戈里的计划吗，还是他单纯地因为自己比别人拥有的更多而内疚？

他叹口气：“这真的不是我期待中要和你谈的事。”

“你本来想聊什么呢？”

麦克森抬头看我，那表情几乎认为我是疯了：“当然是你啊。”

他换了个姿势，把椅子转了个方向，好离我更近，还俯身过来，就像要说什么秘密：“我以为，你知道玛莉没事之后，事情会有转机。我以为你会再关心我，可这并没有发生。就算今晚你同意见我，可是你整个人散发出来的都是保持距离的气息。”

原来，他是注意得到的。

我的手指下意识地在桌面画圈圈，不敢看他眼睛。“我不是对你有什么想法。”我耸耸肩，“我以为你知道。”

“但是在玛莉那件事之后……”

我马上抬头说：“玛莉的事之后发生了很多事，让我上一刻明白作为王妃意味着什么，下一刻又失去了这种认知。我和其他女孩不一样，我的等级是最低的。伊莉斯尽管是第四等级，但她的家庭和大部分第四等级很不一样，他们拥有那么多资源，我很惊讶为什么他们没有花钱提升等级。而你，则是在这个环境下长大的，这些都意味着我要经历巨大的改变。”

他点点头，还是保持耐心：“我的确明白，亚美利加，也因此我才希望给你更多的时间。可是，你也要把我划在考虑范围之内。”

“我有。”

“不，不是这样的，不是把我当成公式里面的一项。你想想我的难处，真的没有太多时间了，这个慈善项目就是为了推动下一次淘汰，当然，你应该也猜到了。”

我低下了头，当然，我想到了。

“只剩下四个人时我能怎么办，给你更多时间吗？剩下三个人时，我就需要选择了。如果剩下三个人时，你还在犹豫想不想担这份责任、想不想要这些工作、想不想要我……那个时候我该怎么做呢？”

我咬着嘴唇：“我不知道。”

麦克森摇头：“这不可以，我需要一个答案。因为如果你最后会我扔下不管的话，我现在不能把一个真正想要这——想要我——的人送回家。”

我的呼吸开始变重：“所以我现在要给你一个答案吗？我甚至不知道我要给一个什么问题的答案。是说我想留在这儿，就意味着我想成为王妃？因为我并不知道答案。”我觉得全身肌肉都紧张起来，好像下一秒就要逃跑。

“你现在不用说什么，可是下次《报道》前你就需要搞清自己究竟想要什么了。我不想给你下最后通牒，可是你对待我这人生第一次机会也太草率了。”

叹了口气，他接着说：“这也不是我原本设想的谈话内容，或许我该走了。”我听得出来，他是希望我留他，告诉他所有的事情都会解决的。

“我同意。”我轻声说。

他摇头，很不高兴，然后站了起来。“好吧。”他朝门走去，步伐很快而且充满了怒气，“那我就去看克瑞斯正在做什么吧。”

THE ELITE

第二十六章

我下去吃早餐的时间稍晚，因为我不想在路上单独碰见麦克森或其他女孩。走到楼梯间时，艾斯本出现在走廊另一端，害我不由自主倒吸了一口冷气。他四下看了看才走近我。

“你去哪儿了？”我轻声责问。

“工作啊，亚美，我是个警卫，没法儿控制他们把我安排到哪儿的，他们不再安排我守在你门口了。”

我想问原因，可现在不是个好时机：“我需要和你谈谈。”

他想了想：“两点钟，去一楼走廊的尽头，经过医护室，我能在那儿待一会儿，但不能太久。”我点点头。趁着还没有人注意到我们，他匆匆向我鞠了个躬就走了，而我往楼下走去，心里非常失落。

我好想尖叫啊。星期六居然要被困在女士空间里，真是不公平。大家来皇宫想见的是王后，不是我们，在我们之中有一个人变成王妃之后，这一点可能会改变，可在目前的情况下，我被迫在这儿看着克瑞斯全心投入到报告准备工作中。其他人也在读材料，都是些笔记或者是报告，让我觉得压力巨大。我需要迅速想出一个主意。艾斯本一定能帮我想出来的，今天晚上，无论如何，我都要开始做准备了。

西尔维亚好像看穿了我的心，从王后身边走过来看我。

“我最出色的学生还好吗？”她轻声打招呼，音量刚好不会吸引别人注意。

“很好。”

“你的项目怎样了？需要帮忙微调吗？”她提议。

微调？我怎么对空白的内容微调？

“进行得挺好的，你会喜欢我的计划的，我敢肯定。”我撒谎了。

她歪了一下头，说：“所以要保密是吗？”

“有一点啦。”我微笑。

“好吧，你最近的表现都很不错，我相信你一定能行的。”西尔维亚拍了拍我的肩膀，然后就出去了。

我的麻烦大了。

我在这儿如坐针毡，每一秒的流逝都是折磨。两点之前我找了个理由出来，走到走廊尽头。那儿有一扇巨大的窗，下面放了一张紫红色的沙发，我就坐在那上面等着。附近没有时钟，因而每一秒钟的等待都很难熬，终于，艾斯本从转角处出现了。

“终于来了。”我叹了口气。

“发生什么事了？”他站在沙发边上，一脸公事公办的样子。

好多事儿呢，我心里嘀咕。**有好多事儿都不能和你说**。

“我们有一个任务，可是我不知道怎么办才好。任何事情我都想不清楚，压力太大了，而且我还失眠。”我断断续续地说。

他轻笑出声：“什么任务？设计王妃的皇冠吗？”

“不是。”我又生气又绝望地瞪了他一眼，“我们要想出一个对国家有好处的项目，就像安伯莉王后帮助残疾人士那种。”

“这就是让你如此难过的原因？”他摇着头问，“这怎么压力大了？听起来很有意思啊。”

“我原来也这么想，可是，我想不出任何点子。要是你，你会怎么做呢？”

艾斯本顿了一下，说：“我想到了！你应该搞一个等级交换项目。”他的眼神超级兴奋。

“一个什么？”

“一个等级交换项目。高等级的人和低等级的人们互换身份，那么，他们就有机会体会我们的感受了。”

“我不觉得这行得通，艾斯本，至少这个命题是行不通的。”

“这想法多好啊。”他坚持着，“你能想象塞莱斯特这种人因为码放货物而把指甲弄断吗？可以好好治治他们。”

“你这是怎么了？警卫中有些不是原来就是第二等级吗？他们不是已经和你成为朋友了吗？”

“我没有怎么啊。”他有点儿抵触情绪，“我一直都这样，你才是忘记住在没有暖气的房子里是什么感觉的那个。”

我坐直了：“我没有忘记，只是想要设计一个项目来改善这种情况，就算我迟早要回家，但或许有人会用上我的方案，所以这个项目一定要好好想，它要真的能帮到大家才行。”

“别忘了，亚美，”艾斯本热切的眼神里全是恳求，“你挨饿的时候，这个政府什么都没做。他们还让我弟弟在广场上受鞭刑。无论说什么都不能改变我们的经历。他们把我们放到死角里，单凭自己的力量是绝对不可能出来的，他们不可能懂，所以也根本不会着急。”

我怒气冲冲地站了起来。

“你要去哪儿？”他问。

“回女士空间去。”我准备走了。

艾斯本跟着我：“我们真的要为这个愚蠢的任务吵架吗？”

我转身面对他：“不是，我们吵架是因为你不明白，我现在是第三等级了，而你是第二等级。为什么你就不能看看这个改变，非要纠缠于过去的不幸呢？你可以改变家人的生活，你还有可能改变很多人的生活，可你现在的心思全都是报复，这可帮不了任何人。”

艾斯本没有再说什么，然后我就走了。我尽量安抚自己，别因为他对自己的想法很热情就真的动气，何况，这也不失为一种很好的品质。不过他的话害得我对等级制度的思考停不下来，而且这个制度又没办法废除，越想越生气，越想越难过。

根本就没有办法改变的事，想它干吗？

我拉了小提琴、洗了个澡，还试着小睡了一会儿。这个晚上我一个人安静地坐在房间里，坐在我的阳台上。

这些都帮不了我。这项任务已经快到收尾阶段了，而我还是一点主意都没有。

躺在床上瞪着眼睛好几个小时，连入睡都变得很困难。脑海里全是艾斯本那几句愤怒的指控，他和他原来那个等级的人生活有多么不容易。我又想到麦克森和他的最后通牒，他对我彻底投入的要求。想这些又有什么用呢？星期五晚上的直播，我如果没有任何方案可以展示的话，肯定就得收拾包袱回家了。

我叹了口气，掀起身上的被子。这几天我一直刻意不再去看格雷戈里的日记，因为怕它只会让我有更多的疑问，而不是答案。但是现在，可能里面会有信息能给我方向，一些我能够在《报道》上谈的问题。

而且，就算没有能用的信息，我也想知道他女儿后来的命运。我比较肯定她的名字是凯瑟琳，所以迅速翻找她的名字，其他都跳过去不看。然后，我翻到一张照片，上面是一个女孩，身边站着一个比她大很多的男人。照片上的她看起来好像刚刚哭过，或许这只是我的幻想？

凯瑟琳今天终于嫁给了斯文伟国的埃米尔·蒙佩扎特。去教堂的路上她一直都哭哭啼啼的，我不得不提醒她，在婚礼上要是表现不妥，过后我可不会轻饶了她。她妈妈很不开心，而且我也怀疑斯宾塞知道妹妹多少不愿意之后，现在连他也不开心了。不过，斯宾塞很聪明，当他看明白我为他创造的未来之后，他就会同意我的做法。而且，达蒙很支持，我真希望把他这种能力抽取出来，注入其他人身上。年轻的一代人真是太重要了，就是斯宾塞和达蒙这一代人帮助我爬到现在的这个位置，他们的热情不容轻视，比起老一辈坚持认为国家走了错误方向的人来说，他们有说服力得多。我一直在想，有没有办法让那些人闭嘴，又不伤害自己的名誉？

无论如何，明天就要举行我们的加冕仪式了。现在斯文伟国得到了北美联盟这个强大的盟友，我也得到了我想要的东西：皇位。这是很公平的交易。既然能成为伊利亚国王，就没理由妥协成为伊利亚总统吧？通过我的女儿，我成为皇族。

万事俱备。明天之后，再也没有回头路了。

他卖了她！这只猪为了达到自己的目的，把女儿卖给了她讨厌的男人。

我的第一反应是把书合上，不再想这些，可我强迫自己继续读下去，跳跃地看一些段落。然后，我看到现在的等级制度的设计图，原来的想法是只有六个等级，而不是现在的八级。另一页上，他计划着要人民改变他们原来的姓氏，从而抹去他们的历史。有一句写得清清楚楚，他要把敌人放在较低的等级来惩罚他们，而把支持自己的人放到很高的等级。

不知道我的曾祖父母是哪一种。单纯是因为没有东西可以贡献呢，还是他们反对这种制度？我希望是后者。

我的姓氏本来是什么？爸爸知道吗？

我长这么大，一直都被格雷戈里·伊利亚是位英雄这个概念洗脑：他是那位把我们从亡国边缘拯救回来的大英雄。而在这本日记里，他明显是个被权力冲昏了头的大坏蛋。什么样的人会想方设法操控人民？什么样的人会为一己私利连自己的女儿都出卖？

我以完全不同的眼光再去看之前读过的记录，他可从来没有说过他想成为一个好丈夫、好爸爸，他只是想表现得像而已。他暂时按沃利斯的游戏规则来办，同时，他利用儿子那一代人争取支持，从始至终，他都是在玩一个游戏。

我觉得恶心至极，站起身来，在屋里来回踱步，努力让自己消化这个发现。

一个国家的历史怎么可以被遗忘？怎么可能没有人谈起以前的那个国家？那些信息都去哪儿了？为什么没有人知道？

我睁开双眼，看着星空。这一切看起来是那么不可思议，肯定曾经有人反对过，也有人跟他们的孩子说过真相吧。话又说回来，他们也许真的说了，就像我常常不懂，为什么爸爸从来不让我提藏在他房间里的那本老历史书。还有，我清楚，任何关于伊利亚的历史从来都没有出版过。或许原因很简单，如果书上写得清清楚楚，伊利亚是个英雄，人们就彻底不干了吧。但是，如果对同一件事，有一个人坚持认为是真的，而另一个人坚决否认，那真相怎么可能会隐藏得如此之深？

不清楚麦克森知不知道。

突然，我想起一个细节，不久之前麦克森和我的初吻。那一刻太出乎我的意料，所以我躲了，害他特别尴尬。然后当我想好，希望麦克森吻我的时候，我提出把那个失败的吻的记忆抹掉，重新创造一段记忆。

他说：**亚美利加，我不觉得你可以改变历史。**而我的回答是：**我们当然可以。而且，除了你和我之外，还有谁会知道呢？**

当时，我是当一个笑话来说。如果我们最后在一起的话，无论多傻都当然会记得真正发生了些什么，绝对不会为了好看，就把真正发生过的事情换成编造的内容。

可是，整个选妃活动就是一场**演出**。如果有人问我和麦克森初吻的经历，我们会告诉任何人真相吗？还是，我们会把这个细节当作两个人之间的小秘密？到我们死的时候，就没有人会知道真相了。而对我们来说，这重要的一刻也会因为死亡而消失。

有可能这么简单吗？给一代人编造一个故事，然后不断地重复述说，直到所有人对这个故事再也不起疑心？我曾问过比父母更长的人，或他们的父母的经历吗？“他们都老了，他们能知道什么”，以前那么轻易就不把老一辈放在眼里，实在太自负了，现在觉得好愚蠢。

可是，最重要的事情不是我的感觉如何，而是我打算怎么做。

我长这么大，一直感觉自己被困在一个洞里。因为爱音乐，所以我并不抱怨自己的等级。可是，我曾经很想和艾斯本在一起，而因为他是一个第六等级，所有事情就变得非常困难。如果格雷戈里·伊利亚当年舒舒服服地坐在办公桌前时，没有冷血地把我国法律写成这样，我和艾斯本根本就不会争吵，而我也根本不可能喜欢上麦克森。麦克森甚至根本不会是王子。玛莉的双手也根本不可能受那种酷刑，而她和卡特也不用挤在只放得下一张床的房间里。杰拉德，我可爱的小弟弟，就可以去学他最喜欢的理科，而不用强迫自己去搞艺术。

为了住洋房过好日子，格雷戈里·伊利亚夺去了全国大部分人民追求更好生活的权利。

麦克森说过，我要是想了解他的想法，尽管问就是了，而我一直害怕面对真实的他。可是，现在我必须要搞清了。如果让我决定究竟留下来还是回家去，我一定要了解真正的他是怎样的。

披上睡袍穿上拖鞋，我冲出房间，无视门口那个我根本不认识的警卫。

“你还好吗，小姐？”他问。

“没事，很快就回来。”

他一脸有话想说的样子，可是我走得很匆忙，他来不及说。我往楼上走去，三楼不像其他楼层，楼梯顶端就有警卫，他们不让我走近麦克森的房间。

“我有事要和王子说。”我努力装作很坚决的样子。

“很晚了，小姐。”左手边的那个说。

“麦克森不会介意的。”我保证着。

右手边那个不屑一笑：“我不觉得他在这个时候想见到任何人，小姐。”

我在脑海中重放这句话，不禁皱起了眉头。

他正和别的女孩在一起。

我只能认为他是和克瑞斯在一起，在他的房间里坐着、聊着、笑着，或许正在打破她那不能接吻的原则。

一个侍女手上拿着托盘从转角处往我的方向走来，经过我身边往楼下走去。我侧过身，心里盘算着，究竟要推开警卫冲进去，还是要放弃。我正打算再开口，其中一个就把我打断了。

“你应该回房间休息去了，小姐。”

我觉得自己太没用了，好想冲他们大吼大叫，可是，这也于事无补啊，于是我转身离开。我听见其中一个（那个不屑一笑的警卫）冲我离去的背影说了些什么，听不清，这让我感觉更糟了。他是在取笑我吗？是可怜我吗？我不需要他的同情。我已经够难受的了。

当我走回二楼，意外地看到刚才从我身边经过的侍女蹲在那儿，貌似是在弄脚上的鞋，又明显不是那么回事。我走近后，她抬起头来，拿起了托盘冲我走来。

“他不在房间。”她轻声说。

“谁？麦克森？”

她点头：“试试去楼下看看。”

我微笑，惊讶地摇了摇头：“谢谢。”

她耸了耸肩：“你去找找看，他不会在你找不到的地方的。而且，”她露出崇拜的眼神，“我们都喜欢你。”

她走了，匆匆往一楼走去。我不知道“我们”都是谁，但就现在而言，这个简单的善意已经足够了。我在那儿站了一会儿，刻意不紧跟着她下去，然后再往下走。

大厅的门开着，不过里面没人，餐厅也一样。我去看了女士空间，心里想着要挑这儿作为约会地点也挺搞笑的，当然，里面也没人。我问了守在门口的警卫，他们说麦克森肯定没有去花园，所以我又去几间图书室和起居室看了看。我不得不猜测，他和克瑞斯很有可能都各自回房间了。

正要放弃，我转身走到比主楼梯离我更近的后楼梯间，起先并没有发现什么异样，可当我走近时，听见有人在那儿窃窃私语。所以我放慢脚步，但不太确定这些声音是从哪儿传来的。

又有低语声。

然后是调情的笑声。

满足的叹息。

声源很集中，现在我确定是哪个方向了。我又往前走了一步，往左手边看，有两个人在暗处里拥抱，然后我的双眼慢慢适应了这种光线，全身为之一震。

麦克森那头金发无论在什么光线之下，都不可能认不出来。就算在昏暗的花园里，我也能一眼看出他那头金发。可是，我从来没看见过，也从来没有想象过，塞莱斯特修长的手指、纤细的指甲陷在他那头金发里是什么样子。

麦克森被塞莱斯特压在墙上，她另一只手放在他的胸膛上，大腿还一边蹭着他的大腿，她的大长腿在走廊暗处显得有些泛蓝。她往后拉开了一点距离，然后又扎进他的怀抱，看来是一种调情手段。

我等着他叫她让开的话，等着他说，她并不是他想要的。可是他并没有说。相反地，他主动吻了她。她很享受，并且开心地咯咯笑。他冲她耳朵说了些什么，然后塞莱斯特主动亲上了他，比之前更深、更用力。她裙子的肩带往下滑落，背部的肌肤几乎全都露了出来。他们都没有顾得上把它拉起来。

我僵在那儿，好想尖叫，好想哭，可我的嗓子收得好紧。为什么？什么人都可以，为什么非是她？

塞莱斯特的唇从麦克森的嘴上挪到他的脖子上，又发出了极为恶心的笑声，然后接着亲他。麦克森闭上了眼，微笑着。塞莱斯特现在挪开了，我暴露在麦克森的视野之中。

我想跑开，我想消失，想变成空气。可是，我站住了。

所以当麦克森张开双眼，他看到的是我。

所以当塞莱斯特在麦克森脖子上用嘴作画时，他正和我大眼瞪小眼。他脸上的笑容消失，身体也僵硬了，他眼神中的震惊让我终于能恢复行动，塞莱斯特却没有留意到。于是我悄悄地转身走了，连呼吸也不敢大声。

一旦走远，我就跑起来，匆匆经过上晚班的管家和警卫们。在我走到主楼梯之前，已经泪流满面。

我咬牙往上走，冲回自己的房间，经过门口正在担心我的警卫，直接就进了房间。我坐在面对阳台那边的床沿上，在安静的房间中，心痛的感觉那么清晰。**太笨了，亚美利加，你太笨了。**

我会回家，把这一切都忘掉。而且，我会嫁给艾斯本。

艾斯本才是唯一一个可以依靠的人。

不久之后，有人敲我的门，而麦克森没有等我答应就推门进来了。他冲了过来，看起来和我一样愤怒。

在他没来得及说话之前，我先说了。

“你骗我。”

“什么？什么时候？”

“你什么时候没骗我？那个说要向我求婚的人，怎么可能被我撞见在走廊和她那样的人干那种勾当呢？”

“我和她干什么都跟我对你的感情没有关系。”

“你在开玩笑，是吗？还是因为你是未来的国王，所以对你来说，半裸的女孩挂在你身上也不算什么？”

麦克森看起来很难过：“不，我并没有这么想。”

“为什么会是她？”我看着天花板，“为什么，这世界上那么多女人，你居然想要她？”

我看着麦克森，等他给我一个答案，而他只是摇着头，巡视着我的房间。

“麦克森，她是个演员，一个假货。你一定要看到，那些化妆品之下，还有那个文胸之下，只是一个想利用你来得到她想要的权力的女孩。”

麦克森挤出生气的一声笑：“事实上，我都知道。”

我被他的镇定吓到了：“那么，为什么……”

其实我已经知道答案了。

他是知道的。他当然知道。他在这儿长大，格雷戈里的日记恐怕是他的睡前故事吧。我不明白自己为什么还会有其他的幻想。

我怎么一直都这么天真？当我考虑谁比我更适合做王妃时，我一直想的是克瑞斯，她很可爱，充满耐心，而且很多地方我根本比不上她。可是，我只是把她放在一个不一样的麦克森身边来考虑。对这个要继承格雷戈里·伊利亚衣钵的男人来说，这批女孩子中和他般配的人，只有塞莱斯特，没有别的人如此乐意将整个国家玩弄于股掌之间。

“好吧。”我摇着手，“你想要一个决定，那么现在我给你：

我受够了，我要退出选妃。我受够了这些谎言，特别是受够了你。上帝啊，实在难以相信我之前是多么愚蠢。”

“还没结束，亚美利加。”他马上反驳了我，非常强硬，“在我说你可以走之前，不许走。你现在很生气，但是，你还不能退出。”

我扯着自己的头发，觉得自己马上要把它们连根拔起了：“你这是有什么毛病啊？你还在妄想？你怎么可能觉得我能接受刚才看见的事情？我恨那个女的，而你却吻了她。我再也不想见到你了。”

“老天爷啊，女人，你能不能听我说一句！”

“你还能说什么把刚才的事解释清楚？把我送回家吧，我再也不想留在这儿了。”

我们一句接一句地吵，现在他突然不说话了，这沉默令人恐惧。

“不。”

我真是气死了，这难道不是他一直想要的答案吗？“麦克森·斯威夫特，你就是一个拿着玩具不肯放手，不想要了却又不希望别人得到它的孩子。”

麦克森沉重地说：“我知道你很生气，可是……”

我推开他：“我何止是生气！”

麦克森还是保持住冷静：“亚美利加，不要说我是孩子，而且，不要推我。”

我又推了他一下：“我就推你你能怎么办？”

麦克森一把抓住我的手腕，把我的手臂反锁到我的背后。我看到他眼睛中的怒气，而我很高兴他生气了。我希望他主动激怒我，我需要一个伤害他的理由，我觉得自己现在徒手都能撕烂他。

可是，他却没有爆发，反而感觉那消失了很久的化学反应回来了。麦克森的脸离我太近了，他看着我的双眼，或许他在想我会不会再接受他，又或许，他根本不在乎。尽管发生了那么多错得离谱的事，可我还是想要他。我没有多想就抽离了这个状态。

我摇着头，想要清醒起来，往阳台上走去。他并没有阻拦我的退缩。在重新面对他之前，我深呼吸了几口气。

"你会把我送回家吗？"我冷静地问。

麦克森摇了摇头，不知道是说不出话来，还是不愿意说。

我把他送我的手链撕下来，扔到一边去。"那你走吧。"我轻轻说。

我转身看着阳台外面，片刻之后，我听到关门的声音。在他离开后，我崩溃了，泣不成声。

他和塞莱斯特是那么相似，他们的一切都是作秀给人看。我知道，他一辈子的精力都会用于哄骗人民，把他觉得好的事情强加于大家，其实是把大家锁在眼下的困境中。他跟格雷戈里是一样的。

我坐在地板上，盘着腿。我是很生麦克森的气，可我更生自己的气。我应该更用力地抗争，我应该做更多的事，我不该坐在这儿接受失败。

我擦干泪，好好评估了下目前的局势。尽管我受够了麦克森，但我还是要留在这儿。尽管我受够了这个比赛，可我还有一个展示项目。艾斯本可能不认为我有成为王妃所需要的能力，他是对的。但他对我是有信心的，我知道，而且，我父亲也对我有信心，还有尼科莱特。

我也许不能胜出了，那么，我该如何风光地退场？

THE ELITE

第二十七章

西尔维亚来问我需要什么东西辅助演讲展示时，我跟她要了一张小书桌来放书，还有一块小黑板来展示我设计的海报。她对海报显得格外的兴奋，因为我是这几个女孩中唯一一个有艺术工作经验的人。

我花了好长时间把要演讲的内容写到手卡上，以免到时候漏讲什么，并且在书上标出会提到的资料的来源。我还在镜子前演练了很多遍那段我心里特别没谱的内容，强迫自己尽量不要多想究竟在干什么。否则，我就会害怕得全身发抖。

我让安妮为我做一件礼服，能让我看上去天真无邪，这个请求倒是让她皱起了眉头。

“您说得就像我们一直让您穿着内衣出去似的。”她语气里有点讽刺的意思。

我笑了出来：“我不是这个意思啊，你知道，我对你们为我做的礼服一直特别满意，这次我只是想显得……像个天使。”

她露出微笑："我想我们会想出办法的。"

为了这件礼服，她们几个肯定忙疯了，因为在《报道》开播前一个小时，我才再次看到安妮、玛丽和露西。她们搞到最后一刻才拿着礼服匆匆进来。礼服是用白色的薄纱做的，看起来非常轻盈，右边配着一条长长的蓝绿色绢网。裙摆垂下来的感觉有如一朵云，衬着高腰线的设计，更添了一分优雅庄重。穿上这件礼服，我都觉得自己可爱起来了。这是她们为我设计的礼服中我最喜欢的一件，这一点让我十分感动，因为这极有可能是她们为我做的最后一件礼服了。

要使我的方案完全保密不是件容易的事，但我成功了。当其他女孩问我准备说什么的时候，我只是简单地说会是一个惊喜，有些人给我一个怀疑的表情，但我根本不在乎。我跟侍女们说，不要碰我桌上的任何东西，也不用打扫，她们都听我的。我的笔记全都扣在桌上。

没人知道我要说什么。

我最想告知的人是艾斯本，但是我忍住了。一部分原因是怕他劝我别这么做，担心自己会被说服，另一部分原因是怕他会极力鼓励我这么做。

在侍女们努力把我打扮得漂漂亮亮的同时，我盯着镜子里的自己，心里很清楚接下来是孤军奋战。而且，这样最好了。我不希望任何人，无论是我的侍女还是其他女孩，尤其是艾斯本，因为我的行为被卷入麻烦之中。

我现在要做的，就是把事情理顺。

“安妮、玛丽，你们可以去帮我倒点茶来吗？”

她们互相看了一眼。“我们两个都去吗？”玛丽重复确认道。

“是的，麻烦你们。”

她们觉得很可疑，不过还是行了屈膝礼出去了。一旦她们出去，我转向露西。

“跟我坐下来。”我拉着她，请她坐到我身边的沙发上，她顺从地坐下来。而我只是很简单地问，“你开心吗？”

“小姐？”

“你最近好像有点伤心，我一直想问你是不是有什么情况。”

她垂下了头：“有这么明显吗？”

“有一点。”我伸出一边的手臂揽住她，她叹了口气，把头靠在我的肩上。我很高兴看到这一刻的她，暂时忘记了我们之间那堵无形的墙。

“你试过想要一些你不可能得到的东西吗？”

我用鼻子哼了一声，说：“露西，到这儿之前，我是第五等级的人。有太多我不可能得到的东西，我都懒得去数这个了。”

和平常的露西很不一样，她的脸颊上只滑下了一滴泪：“我不知道怎么办才好，我被困在这儿了。”

我坐直并把她转过来面向我：“露西，我希望你清楚，我认为你可以做任何你想做的事，成为任何你想成为的人，我觉得你是个很棒的女孩。”

她虚弱地一笑：“谢谢您，小姐。”

我知道我们没有太多时间了：“听好了，我需要你帮我做一件事。

我不知道其他人可不可靠，但我相信你。”

虽然她表情很困惑，可我能看出来，她是真心答应帮我：“任何事都行。”

我打开其中一个抽屉，拿出一封信：“你能把这封信交给警卫莱杰吗？”

“警卫莱杰？”

“我想谢谢他一直以来的关照，可是，我想，要是自己交给他的话可能不太合适，你懂的。”这真是个很糟糕的借口，可这是唯一能给艾斯本解释我马上要做的事的机会，并且也是一封告别信。我相信，今晚之后，我在皇宫里就没多少时间了。

“我一个小时之内就可以把信交给他。”她积极地说。

“谢谢你。”我的眼泪快掉下来了，但我努力忍住。我很害怕，可是有太多原因支持我这么做。

我们都值得拥有更好的机会。我的家人、玛莉和卡特、艾斯本，甚至我的侍女们，都被格雷戈里的计划困住了。他们是我的动力。

我是抱着一堆书和海报的文件夹走进《报道》的直播现场的。里面的布置和平常一样：国王、王后和麦克森的座位都在右手边靠近门的位置，而王妃候选人的位置在左手边。可是在中央的位置，平常放置国王的讲台或者是采访嘉宾座椅的地方，现在却空出来，让我们进行演讲展示。我看到有我需要的桌子和小黑板，而且还有一块电子屏，估计有人准备了电子报告要展示，这一点很厉害，不知道是哪一位找到可以做这些的资源。

我走到唯一一张空椅子前，不幸的是，正好在塞莱斯特旁边。

我坐下，把海报夹子放在旁边，而书就放在大腿上。纳塔莉手上也有几本书，而伊莉斯则一遍又一遍地看手上的笔记。克瑞斯看着天花板，貌似在默默背诵她的演讲内容，塞莱斯特则在检查她的妆容。

西尔维亚也在场，有时候我们谈到她指导的内容，她就会在场，而今天她显得很高兴。今天的作业应该是有史以来内容最难的了，而且我们的表现都跟她有关。

我倒吸了一大口冷气。我居然忘了西尔维亚。可是，太晚了。

“你们都太漂亮了，女士们，太棒了！”她冲我们走过来时感叹，“既然你们都到齐了，我想先解释几件事情，首先，国王会起来公布几件事，然后加夫里尔会介绍今晚的主题：你们的慈善项目展示。”

平时非常冷静、甚至被这个皇宫训练得有点儿铁石心肠的西尔维亚，现在居然有些忘乎所以，脚步都有点儿飘起来了：“好吧，我知道你们都有训练，你们各自有八分钟，如果有人想要提问，加夫里尔会协调的。记住，要打起精神，保持仪态，全国人民都在看你们呢！如果你们突然忘了词，就深吸一口气，接着说下去。你们都会很棒的，噢，你们展示的顺序就按座位表来吧，所以，纳塔莉女士，你先上；亚美利加女士你最后。祝好运啊，女孩们！”

西尔维亚轻快地走去查看其他事情了，而我只能尽量稳住自己。最后一个，我想这倒是件好事。纳塔莉第一个上去，可能是最惨的。我看到她已经开始冒汗，这种情况之下要保持冷静还真是一种折磨。我忍不住盯着塞莱斯特看，她并不知道我撞见了她和麦克森的好事，而我也很好奇，她为什么不跟任何人炫耀这件事。她不说这一点，恰恰让我觉得这种事肯定不是第一次。

这让我更难受了。

“紧张吗？”我看着她摆弄着指甲，问。

“不。这真是可笑的主意，而且没人真的在乎，尽快结束得了。而且，我是模特儿耶，”她终于面对我说，“我在观众面前可是很自然的。”

“你倒是真的很会摆姿势。”我小声嘟哝。

她正想接着说些人身攻击的话，直播室内开始动起来，因此最后她只是翻了个白眼就望向别处。

国王和王后同时走了进来，他们交头接耳，看起来是在谈很重要的事。片刻之后，麦克森也进来了，边往他的座位上走边整理衬衫袖上的链扣。他看起来衣装整洁、天真无邪，我不得不提醒自己，真相并非如此。

他看向我，可我不打算做先躲开的那个，于是回瞪着他。然后，麦克森试探性地举起手拉了拉耳朵，而我摇了摇头，给他一个我们再也不会说话的表情。

演讲时段一开始，我就出了一身冷汗。纳塔莉的报告比较简短，并且内容上还有些错。

她说反叛分子所做的一切都是出于仇恨，都是错的，所以应该制定法律给他们定罪，那样伊利亚才能变得安全。她讲完后，大家都只是瞪着她看。她怎么可能不知道反叛分子所做的一切已经在犯法了？

纳塔莉坐回来的时候，王后露出了很失望的表情。

伊莉斯提议的项目是需要一些上层等级的人们和新亚洲的人民

建立一种类似于笔友那样的关系，她说这会帮助我们与新亚洲各国沟通交流，有助于结束这场战争。我虽然不太信这种事情会有实效，可是这一点倒提醒了麦克森和大家，她还留在这儿的主要原因是什么。王后问她是否认识任何新亚洲的人会对这个项目感兴趣，而她肯定地说她认识。

克瑞斯的报告特别出色，她提议整改公立学校系统，而我知道这个想法是得到王后和麦克森支持的。作为一个教授的女儿，我敢肯定她从小就有这个想法。她在电子屏上展示她父母发给她的照片，上面是她家乡学校里的情况，老师脸上的倦容非常明显。其中有一张照片，由于屋子里没有足够的椅子，四个小孩被迫坐在地上。结束后，王后问了很多问题，而克瑞斯都迅速作答。她还在以前我们读过的经济报告中找到了支持这个项目起动的资金出处，并且提议未来如何给予资金支持。

在她坐下来时，我看到麦克森冲她微笑点头，而她的反应是脸红了，低下头摸着礼服上的蕾丝。他和塞莱斯特都那么亲密了，却又同时这样勾着克瑞斯，太残酷了。可是我再也不想插手别人的事，他想怎样就怎样吧。

如果忽略塞莱斯特那略显算计的动机的话，她的报告还挺有意思的。她建议给下层等级的人民设定一个最低工资标准，根据一个人拥有的证书进行浮动制计费。不过，要获得这些证书，第五、第六和第七等级都需要先去上学……而他们要花钱上学……于是这件事就变得对第三等级的老师们最有好处。因为塞莱斯特是第二等级的，所以她根本不知道大家需要工作很长时间才能挣够生存的钱，没人有时间去学什么证书，所以他们的工资根本不可能改变。这是个表面看起来不错，实际上一点儿用处都没有的主意。

塞莱斯特回到她的座位上，而我站起来时有点颤抖。有那么一瞬间，我想不如假装晕过去算了。不过，我的确希望推动这件事，只是不想面对后果。

我把我的海报放在小黑板上，那是一张等级制度示意图，然后把书也放到桌上。我深吸了一口气，握紧手上的字卡，并且惊讶地发现，当我开始讲时，根本不用看字卡。

“晚上好，伊利亚。今晚，我并不以精英等级的身份跟你说话，也不是以第三等级或者第五等级的身份来说。我以一位公民的身份，一个公平的身份来跟你说以下的话。根据等级的不同，你对本国的体验会很不一样，对我来说，就是这样的。直到最近，我才明白自己对伊利亚的爱有多深。

“在我成长的过程中，尽管有时候没饭吃，也有时候没电，尽管看着所爱的人被迫服从我们生下来就被限制住的等级要求，尽管看着那些和自己差不多的人之间居然有那么悬殊的物质差距”——我转头看着其他几个女孩——“我发觉，我还是爱这个国家。”

我下意识地切换着手中的字卡，停顿已熟记于心：“我想提议的事很简单。可能很痛苦，但我真心相信，这对我们国家来说是件好事。”我吸了口气，“我想，我们应该取消等级制度。”

我听见很多人倒吸冷气。我尽量不去理会。

“我知道，建国之初，我们为大家分配不同的等级，把国家从灭亡边缘拯救回来。如今，我们已非当时那个国家了，现在比当时要好太多了。允许没有天赋的人守住特权，只是为了保存一个古老的体制而压抑有天赋的人，实在太残酷，这样做只会阻碍我们变得更好。”

上次我们谈到让大家自愿参军，我从塞莱斯特随手乱放的一本杂志上看到一个民意调查，于是引述了一下。上面说百分之六十五的人都认为这是个好主意。为什么要限制人民选什么职业道路呢？我同时又提出一份比较旧的报告中的数据，曾经有人研究过公立学校的统一考试，说第六和第七等级的人之中，只有百分之三的人测出有较高的智商，显然这个结论是很有偏向性的。而且它还认为，百分比只有这么低，可见这两类人是没有上进心的。而我的论点是，正因为这些人只能被底层工作所困，他们才根本没有别的学习和就业机会。这正是我们应该感到羞愧的地方。

终于，这个可怕的工作马上就要结束了。“我国虽有些缺陷，可我们不能否认它的力量。我担心的是，如果没有改变，我们的力量就会陷入停滞。而我很爱这个国家，也有很高的期待，不能眼睁睁任由这种事发生。”

我咽了下口水，庆幸终于要说完了。“谢谢你们的时间。”我稍微转身冲着皇室家庭的方向说。

太糟了。麦克森的脸又变得面无表情，跟他看着玛莉受刑那一刻一样。王后躲开我的眼睛，也是很失望的样子。而国王，正生气地瞪着我。

一眨眼的工夫，他就向我开火了：“那你建议我们如何取消等级制度呢？”他直接挑战我，“就硬生生地解除这个制度吗？”

“噢……我不知道。”

“而你不认为这么做会引起暴动？彻底的大动乱？让反叛分子有机可乘？”

关于这一点我还没有想清楚，因为我满脑子只想到，这一切有多么不公平。

“我认为一开始的确会引起一定的混乱，但我们也曾经应付过这种情况。实际上，”——我伸手要拿起一本书——“我手上有一段描述正好可以回答您。”

我开始翻格雷戈里日记中相对应的一段。

“切掉了没？”他大声咆哮。

“切掉了，陛下。”

我抬头看，所有摄影机上的小红灯都已经灭了，我肯定没有看到国王指示他们中止直播的动作。

国王站起来。“镜头都冲地上。”然后所有摄像机的镜头都转向地上了。

他怒气冲冲地走到我面前，直接从我手上夺走了日记。

“你从哪儿搞来这个的？”他吼叫。

“父亲，别！”麦克森紧张地小跑过来。

“她从哪儿搞到这个的？回答我！”

麦克森承认：“从我这儿。我们那时候在找万圣节的出处，而他在日记里写到过，于是我就让她拿着多读一点。”

“你这个笨蛋！”国王大骂，“早知道我就早点逼你好好读读这些日记。你是个糊涂蛋，完全不知道你该尽什么职责！”

噢不，不，不不不不不。

“她今晚就走。”克拉克森国王命令道，“我真是受够了。”

我尽量让自己缩起来，希望离国王远一点，而不被注意到，连大气都不敢喘一下。我转头向着女孩们，视线不由自主地聚焦在塞莱斯特身上。我以为她会笑，可她非常紧张，因为国王从来都没有这样过。

“你不能把她送走，这是我的选择，而我要她留下来。”麦克森冷静地回应。

“麦克森·卡力斯·斯威夫特，我是伊利亚的国王，而我说……”

“你可不可以别总是以国王的身份说话？可不可以只作为我父亲说话？”麦克森也提高了音量，“这是我的选择，当年你有自己选择的机会，而我现在想自己做选择。不得到我的同意，没有人能回家！”

我看到纳塔莉往伊莉斯身上靠，她们都害怕得浑身发抖。

“安伯莉，把这放回原处。”他边说边把日记塞到她怀里，而她就站在那儿，点了点头，却没有动身，“麦克森，你来我办公室。”

我看着麦克森，可能是我的幻觉吧，他眼神里居然全是恐慌。

“又或者，”国王提议，“我直接跟她谈吧。”他指着我。

“不，”麦克森马上举手反对，接着说，“没有必要。女士们，”他转身冲我们说，“你们都回到楼上去吧？今晚我们会安排晚饭送到你们的房间里。”他顿了一下，“亚美利加，你还是先收拾一下，以防万一。”

国王微笑了，在刚才那种爆发之后，这一笑那么诡异：“很好的主意。你先请吧，儿子。”

看着明显受挫的麦克森，我深感内疚。麦克森张嘴想说什么，但最后只是摇了摇头就走了。

克瑞斯看着麦克森，手里下意识地拧着双手，这也无可厚非，因为这一切看起来太吓人了。

“克拉克森？”安伯莉王后轻轻地说，“那另一个问题怎么办？”

“什么？”他没好气地反问。

“那个消息？”她提醒着他。

“噢，对啊。”他又冲我们走过来，离得那么近，我只能缩回座位上，不敢独自坐在外面。克拉克森国王的声音现在很平静，“纳塔莉，我们不想在直播前跟你说，我们收到了一个坏消息。”

“坏消息？”她摸着自己的项链，显得特别紧张。

国王走近一步：“是的，我很遗憾，今天早上，反叛分子把你的妹妹抢走了。”

“什么？”她轻轻说。

“她的遗体今天下午被发现了。很抱歉。”他的话中显出一丝同情，不过，我觉得更像是训练有素的结果，而非真情实感。

他迅速转回去找麦克森，领着他出去了，而与此同时，纳塔莉大哭出声，王后冲过来安慰她，摸着她的头试图让她安静下来。从来都不表达姐妹情谊的塞莱斯特一声不响地出去了，然后，情绪失控的伊莉斯也紧跟在她身后出去了。克瑞斯留下来想要安慰纳塔莉，但一会儿之后她就明白，自己根本帮不上什么，也离开了。王后跟纳塔莉说已经派了警卫去保护她父母，如果她想出席妹妹的葬礼可以安排。这整个过程，王后都是抱着她在安抚。

所有的事急转直下，我彻底僵在了座位上。

突然之间，有只手出现在我眼前，我吓了一跳，直往后缩。

“我不会伤害你的。”加夫里尔说，“我只是想扶你站起来。”他翻领上的别针闪闪发光。

我伸手给他，才意识到我的双腿一直在抖。

“他一定很爱你。”我站起来后，加夫里尔这么说。

我不敢直视他：“你怎么这么说？”

加夫里尔叹了口气：“麦克森小时候我就认识他了，他可从来没有这样反抗过父亲。”

然后他就走开，去跟摄影组的人说，今晚看到听到的内容保密。

我走到纳塔莉身边。虽然我对她不是很了解，但我至少知道，她爱妹妹跟我爱小梅是一样的，难以想象她现在的心情。

“纳塔莉，很抱歉。”我轻轻地说，而她点了点头，这几乎就是她现在唯一能做出的反应了。

王后抬头看我，脸上是同情，可能也不知道如何去传达她的悲伤。“我……我也要和你说抱歉，我并不是想……我只是……”

“我知道的。”

以纳塔莉现在的情况，我要是多说什么会显得太自私，于是我冲王后深深地鞠了一躬之后就出去了。自己种下的恶果，也只能自己吃下去了。

THE ELITE

第二十八章

我回到自己房间，一进门就迎来了侍女们的掌声，完全在意料之外。

我站在那儿呆住了，她们支持的行动和脸上为我骄傲的表情，真的让我好感动，害我脸红了起来。然后，安妮上来拉住我的双手。

“说得太好了，小姐。”她轻轻捏了一下我的手，我的发言让她眼中散发出光彩，那一刹那我感觉好了很多。

“我不敢相信你这么做了！从来没有人为我们出头！”玛丽加了一句。

“麦克森一定要选你。”露西感叹，“你是唯一一个能给我希望的人。”

希望。

我需要思考，而我能思考的唯一一个地方就是花园。尽管侍女们一直劝我不要出去，我还是去了，而且绕了远路，从走廊另一头的楼梯下去。除了个别的警卫之外，一楼空荡荡的，很安静，想到过去半个小时内发生了那么多事，感觉皇宫里应该乱糟糟才对。

经过医护室时，门突然被打开，我跟麦克森撞了个满怀，他手上的金属盒子应声掉到地上。虽然我们撞上的力度根本不大，他却痛苦地呻吟了一声。

“你出来干什么呢？”他缓慢地俯身捡地上的盒子。我注意到盒子上面写着他的名字，不知道他在医护室存放了些什么。

“我要去花园，想去反省一下我所做的事情是不是真的很愚蠢。”

麦克森貌似起身都很困难：“噢，我可以向你保证，那真的很愚蠢。”

“你需要帮助吗？”

“不用。”他迅速回答，躲避我的眼神，“我只是要回自己房间了，而且我建议你也快回自己房间去。”

“麦克森，”我声音中的恳求终于吸引住了他的目光，“我很抱歉，我真的是太疯狂了，想要……我连想要什么都不知道了。你是那个跟我说，成为第一等级是有好处的、是可以改变一些事情的人。”

他翻着白眼说：“你不是第一等级。”然后我们都沉默了，“就算你是，难道你完全没有注意到我是怎么办事的吗？低调，注意细节，目前来说，只能这么办。你可不能跑到电视上抱怨的同时，还期待得到我父亲或任何人的支持。”

“对不起！”我哭了出来，“我非常抱歉。”

他顿了一顿说：“我不确定这……”

我们同时听见尖叫声，而麦克森马上转身循声走去，我跟着他，想知道发生了什么事。是有人打架吗？我们走近主楼梯和去往花园的大门前，看到有很多警卫拥进来。

“敲响警钟！”有人大叫，“他们冲进大闸了！”

“拔枪！”另一名警卫在嘈杂的人声中大喊。

“去通知国王！”

然后，一批像蜜蜂一样的小东西发射进来，有一名警卫被击倒。他整个人向后倒去，头撞在大理石上，发出一声可怕的碎裂声，而他胸膛上汹涌而出的鲜血让我尖叫起来。

麦克森马上把我拉开，却不够快。或许他也被吓到了。

“殿下！”一名警卫冲我们跑过来，“请马上到楼下去！”

他粗鲁地推着麦克森转身，赶着他走，麦克森再次发出痛苦的呻吟，手上的盒子又掉在了地上。我仔细看警卫放在麦克森背上的手，那么可怕的叫声，害我以为他捅了麦克森一刀，可我只看到他拇指上戴着一只粗环的白镴戒指。我帮他捡起地上的盒子，小心地不把里面的东西晃坏，跟着警卫走。

“我坚持不到那儿。”麦克森说。

我转回身走到他身边，发现他不停地冒汗。肯定有大问题。

“好的，先生。”警卫严肃地说，“走这边。”

他拉着麦克森走到一个看起来像死胡同的角落，我正以为他要把我们留在这儿时，他按下墙上隐藏的按钮，一扇通往皇宫密道的门打开了。里面漆黑，根本看不见它通向哪里，但麦克森毫不犹豫地俯身走了进去。

“去告诉我母亲，我和亚美利加很安全，先去做这件事吧。”他说。

“一定，先生。情况安全后，我会亲自来给您开门。”

警报响了起来。希望还来得及，可以救大家一命。

麦克森点头，然后门被关上了，我们困在黑暗之中。房间非常隔音，我甚至已经听不到警钟的声音了。我听到麦克森在墙上摸着什么，最终他找到电灯的开关，房间内亮起了昏暗的灯，我巡视这个密室。

有几个架子，上面放着几包用黑色塑料包裹着的东西，在另一个架子上有几条薄毯。在这个小空间的中央放着一条木板凳，宽度大概够四个人坐，对面角落里有一个小水池，还有一个非常简陋的厕所。墙面上有一排挂钩，不过上面什么都没挂。整个房间看起来就是组成四面墙的那些金属。

“至少是不幸中的万幸了。”麦克森说着，蹒跚走向木板凳坐下。

“怎么了？”

“没什么。”他轻声说，把头支在手上托着。

我在他身边坐下，把盒子放在木凳上，再次四下观察。

“我想，这些应该是南方叛军吧？”

麦克森点了点头。我努力平复自己的呼吸，想要把刚才看到的场面从记忆中抹掉。那名警卫能活下来吗？有谁能从这种暴力袭击中活命吗？

不知道我们找地方躲起来的同时，反叛分子攻进去多远了？警钟响得及时吗？

“我们在这儿安全吗？”

“安全。这是给佣人用的安全室，如果他们在厨房或其他储藏室，本来就足够安全了，而那些在各个地方工作的人员如果来不及回去，就可以躲在这些小密室里。虽然不比为皇室准备的大密室安全，毕竟那儿我们存放了很多补给，不过呢，这些小密室也够用了。”

“反叛分子知道这些密室吗？”

“有可能。”他坐直的动作显得费力而痛苦，“但是这些密室一旦有人占用了，其他人就进不去。而且，只有三种方式可以出去，一是有人从外面用钥匙打开，二是有人用钥匙从里面打开。”麦克森拍了拍他的口袋，示意他身上有钥匙，“又或者，你可以等两天之后出去，四十八个小时之后，这些门会自动打开。危险过去之后，警卫会到各个密室检查，因为总是有漏掉的可能，如果没有这个自动打开的设定，就可能有人被永远困在密室里。”

他花了点时间才把以上的话说完，他的痛苦很明显，可他好像故意通过说话来分散注意力。他往前倾了一下，这个小动作却让他痛得嘶嘶地呻吟。

“麦克森？”

“我受不……受不了了。亚美利加，你能帮我脱掉外衣吗？”

他举起手，我马上起身帮他脱掉外套。外套顺势掉到地上了，然后他马上开始解衬衣的扣子。我转过去也想伸手帮忙，可是他握住了我的手，阻止了我。

“你的保密能力实在令人难以信服，但是，这个秘密一定到死都不能说，我也是。你明白吗？”

虽然我不明白他在说什么，但还是点头。麦克森松开我的手，我接着帮他解衣扣。不知道他有没有幻想过这个场景，我必须承认自己幻想过。万圣节那个晚上，我躺在床上，满脑子都是这个场景。

我还以为会在一个特别不同的情况之下发生，不过，这种激动还是让我全身一震。

我被培养成一个音乐家，但在我的成长环境中，有的是艺术家。我见过一个古代运动员扔飞盘的雕像，当时我就想，只有艺术家才能把人体呈现得这么完美。麦克森的胸膛和我见过的精雕细琢的艺术品一样。

可当我把他的衬衣往下脱的时候，一切都变得可怕了。衣服粘住了他的背，往下脱时还发出了撕裂的声音。

“慢点。”他说。我点头，然后走到他身后，试着从另一个方向往下脱。

麦克森衬衣的后面浸透了鲜血。

我倒抽了一口冷气，呆住了。然后我意识到干盯着看只会让他更难受，只能接着弄。好不容易把整件衬衣脱掉，我迅速转身把它挂在墙上，顿了一下来平复自己的心情。

我转回身来，仔细地看麦克森的后背，有一个从肩到腰冒着血的大口子，在此之上还有另外一道伤口，也在流血。这两道新伤口的下面，有一道是愈合了没多久的，再下面，是一道好了很久的疤痕。在数不清的老伤疤之上，大概有六道是新打上去的。

这怎么可能发生呢？麦克森是王子啊，他是皇室，不可侵犯，和任何人都不一样才对。他的地位至高无上，甚至有时候高过法律，所以，他怎么可能会有这些伤痕？

那一刻，我想起了今晚国王的眼神，还有麦克森竭力隐藏的恐惧。怎么会有人能对自己儿子下这种毒手？

我再次转身，四下寻找，终于找到一块小毛巾，拿着它走到水池前，庆幸水温虽然特别凉，至少还有水。

我稳住自己的心情，回到他身后，尽量平静地说："会有点儿疼。"

"没问题。"他轻声说，"我习惯了。"

我用湿毛巾轻拭他肩上最长的伤口，从上往下清理。他下意识地往后缩，却没有吱声，然后我转移到第二道伤口上，麦克森开始说话了。

"为了今晚，我准备了好多年，你知道吗？我一直都在等这一天，强大到能挑战他。"

麦克森沉默了片刻。有些事情终于变得合理了：为什么一个坐办公室的人居然有那么强壮的肌肉；为什么他总是穿戴整齐，好像随时都可以动身；还有，为什么他对一个女孩说他是个孩子并且动手推他会那么反感。

我清了清嗓子："那你为什么不反抗呢？"

他停了一下："我怕他如果不发泄在我身上，会对你不利。"

我需要冷静一下，因为我震惊得连话都说不出来。我觉得眼泪马上要流出来了，但我努力忍住。现在哭只会让事情更糟。

"有人知道吗？"我问。

"没有。"

"医生也不知道吗？你母亲呢？"

"医生肯定知道，但他绝不会说出去。而我绝对不会告诉我母亲，甚至不会给她一个怀疑有这件事情的理由。她知道父亲对我很严厉，但我不想让她担心，而且，我承受得住。"

我接着清理伤口。

“他对她不是这样的。”他接着很确定地说，“我想，她是有受到不公平的待遇，可是，不是这样的。”

“嗯。”除了应和，我不知道还能说什么。

我又擦了一片伤口，麦克森痛得叫出声来：“该死的，这实在很痛。”

我停了一会儿，让他缓口气。片刻之后，他点了点头，我又继续。

“我对卡特和玛莉有更多的同情心，比你知道的还要多。”他尽量轻描淡写，“这些伤需要一段时间才会不痛，尤其是当你一个人处理的话。”

我又惊得呆了半晌。玛莉一口气被打了十五下。我想，如果我被迫要选的话，我情愿在有心理准备的情况下挨打，总比随时随地都有可能挨打好。

“其他伤口是为了什么？”我脱口而出，然后又摇了摇头，“当我没问吧，这太无礼了。”

他耸了耸没受伤的那边的肩膀：“因为我说的话、我做的事，或我知道的情况。”

“我知道的事……”我补充，“麦克森，我真的很……”我的呼吸急促起来，马上要坚持不住了。我觉得是自己一手把他弄成这样的。

他没有转身，但他的手往后摸着我的膝盖：“你要是哭的话，怎么能帮我包扎好呢？”

透过眼泪，我虚弱地笑了一笑，擦干泪，把所有伤口都清理干净，每一个动作都尽量轻柔。

“这儿会有绷带吗？”我四下寻视。

“盒子里有。”他说。

他坐在那儿深呼吸，我打开盒子的扣环，里面是医用供给。

“为什么不把绷带放在自己房间里？”

“自尊。我本来决定，再也不会用它们了。”

我无声叹息。根据里面小瓶子上的标签，我找到一瓶消毒水、能止痛的药膏，还有绷带。

我走到他身后，准备给他上药：“这可能会痛啊。”

他点点头。药擦到他皮上的那一刻，他闷哼了一声，然后就沉默了。我尽量迅速而且仔细地把所有伤口都擦上药，希望他不会太痛苦。

然后我把止痛的药膏擦上，这东西明显能减缓他的痛楚，因为他紧绷的肩膀慢慢放松了下来。这个过程让我觉得，终于能为自己闯下的祸做出一点补偿。

他哼出一声轻笑：“我一直都明白，终有一天这个秘密会被人发现。所以这些年来，我一直想编一个好理由，想在结婚前找到可信的理由，因为我未来的妻子一定会看见这些，可我一直找不到。你有什么建议吗？”

我想了一下，回答：“真相是最可信的。”

他点了点头：“可这不是我最喜欢的方式，至少，对这件事情来说不是。”

“差不多包扎好了。”

麦克森小心翼翼地伸了一下腰，左右转了一下，感受身上的情况。然后他转身面向我，脸上是感谢的表情：“很不错，亚美利加，比我自己弄的强太多了。”

“不客气。”

他看了我片刻，我们都沉默了。现在还有什么可以说的呢？

我的目光总是不受控制地落在他的胸膛上，这必须停下来。

“我给你洗一下衬衣吧。”我躲到角落里的水池给他搓衬衣，看着往下流的水染上血色。我知道不可能完全洗掉，但至少这个动作能帮我分散注意力。

洗好之后，我把它挂回墙上的钩上，转身发现麦克森正盯着我看。

“你为什么不问一些我真正想回答的问题呢？”

我觉得要是坐回他身边的话，自己肯定忍不住想要轻抚他，所以，我只是坐到他面前的地板上。

“我不知道自己是这样的。”

“你是。”

“那么，我现在是在问，你希望我问的问题吗？”

他长出一口气，轻轻地往前倾，把手肘支到膝盖上。

“你不想让我解释克瑞斯和塞莱斯特的事吗？你不觉得自己应该得到一个解释吗？”

THE ELITE

第二十九章

我双手抱着胳膊：“我听过克瑞斯描述的版本，而我不觉得她夸大其词。关于塞莱斯特，我情愿永远都不要提起那个人。”

他笑了起来：“多么顽固啊，我会想念这一点的。”

我沉默了一会儿：“所以就这样了？我出局了？”

麦克森想了想：“我不知道现在我有没有能力阻止事情往这方面发展。这难道不是你想要的结果吗？”

我摇头。“我是疯了，”我轻轻地说，“我当时真的疯了。”

我转过头去，不想在这个时候哭出来。麦克森显然决定了，无论我想不想听，我都有必要听听他想说的话。最后他把我关了起来，好把想说的话全都说出来。

“我以为，你是属于我的。”他说。我偷看他，发现他只是盯着天花板，“如果在万圣节派对上我可以向你求婚的话，我就已经求了。本来对我的要求是，我要在父母、嘉宾以及摄影机在场的情况下，正式地做这个动作，可是，我做了特别的申请，想要等我们都准备好之后，私下向你求婚，然后再办一个酒会什么的。我从没有跟你说过这一点，是吗？”

麦克森看向我，我冲他摇了摇头。他在回忆中露出了苦笑。

“我都准备好了，那些我打算给你的承诺都写成了讲稿，我非常可能事到临头忘词，出尽洋相。不过……现在我倒是记得清清楚楚。”他叹了口气，“我就不告诉你了。”

他顿了一顿：“当你把我拒之门外的时候，我慌乱了。本来我以为这场疯狂的比赛可以结束了，却突然发现，自己又回到了选妃的原点。而这个时候，我的选择范围却很有限了。就是上周，我花时间和每个女孩都相处了下，想要找一个比你更出色的，可是失败了。我绝望了。

“然后，克瑞斯来找我，表现得那么谦卑，只是想看到我开心快乐，而那时候我就在想，自己怎么可能一直没看到她这一点呢。我一直知道她是个好女孩，而且她也很漂亮，可原来她不只这些。

“我就想，可能我一直都没有真正关注过别人。因为你在的时候，我根本就没有理由去看别人，不是吗？”

我用双手把自己抱得更紧了，想从这种心痛里逃走。原来我已经不在他心里了，我亲手毁了一切。

“你爱她吗？”我温顺地问。本来我真的不想看他的表情，可是过长的停顿让我觉得这之中有说不清楚的因素。

“跟我和你之间的情况不一样，感觉比较平和，或者说比较友善，比较可靠。我可以信赖克瑞斯，而且我不用担心她是否完全忠诚于我。你也看到了，我的世界之中没有多少可以信赖的事情，而她在这一点上真的很出色。”

我点头，刻意不看他的眼睛。我现在满脑子都是他用过去时态谈我和他之间的感情，而且，他对克瑞斯只有赞美没有别的。我真希望自己知道一些她不好的地方，任何可以让她显得不那么高贵的理由，可是，实在想不到。克瑞斯的确是一位淑女，从一开始，她就没有犯过错，而我只能惊讶于，他曾经喜欢我比喜欢她多。因为对他来说，她才是完美的。

“那么，塞莱斯特呢？”我最终决定面对他，问出了口，“如果克瑞斯是那么棒的话……”

麦克森又点了点头，对这个话题显得有点不好意思。本来就是他主动提起这个话题，所以他肯定想好了要说什么。他站起身来，又小心地伸了伸懒腰，然后开始来回踱步。

“你也知道，我有很大的压力，而我不想跟人说。我永远在一种紧张的状态之中，因为我无时无刻不受监视、不被评头论足。我的父母、我的顾问们……生活中总是有摄像机，而且现在你们都在这儿。”他指了指我，“我相信，你因为你的等级，不止一次有被困的感觉，但是，试着想想我的感受。我看过很多事，亚美利加，也知道很多事，不过，我不认为自己有改变这些事的可能。

“相信你也注意到了，理论上，我父亲应该在我二十几岁时，在他认为我可以领导这个国家时退休，不过，你认为他会停止在背后对所有事情施加影响吗？只要他活着一天，这就不可能。我知道他很糟糕，可我不希望他死……他是我父亲。”

我点头。

“说到这个，他从一开始就没少插手选妃的事，想想留下来的都是谁，你就明白了。”他开始用手指头数这些姑娘，“纳塔莉特别温顺，这一点让她成为我父亲的心头好，因为他认为我太固执了。而且，他如此喜欢纳塔莉这一点，以至于我不得不控制自己恨她的冲动。

“伊莉斯在新亚洲有盟友，可是，我不确定这些关系有没有实际用处。这场战争……”麦克森内心挣扎着，摇着头，应该是战事的一些细节他不想跟我说，“而且，她还那么……我都找不到合适的词。我从一开始就知道，我不想要一个绝对顺从我的女孩，不过脑子地喜欢我，没什么意思。我试过挑战她的观点，每次她都让步了。每一次！这太让人恼火了，简直就像没有脊梁骨。”

他深吸了一口气。我从来不知道，原来她这么招他烦，一直以来他都表现得很有耐心。最后，他看着我。

“你是我选的，我唯一的选择。我父亲不是很支持，但是那个时候，你还没有做任何让他不高兴的事情，所以，如果你保持低调，他不介意我把你留下。其实，他并不反对我选你，不过前提是你要表现得好。他现在用你最近的表现来指控我判断力的问题，坚持必须由他来确定最终的人选。”

他摇摇头。“跑题了。其他人——玛莉、克瑞斯和塞莱斯特——都是顾问们选的。玛莉曾经很受欢迎，克瑞斯也是。”他叹了口气，“克瑞斯是个不错的人选，真希望她能让我靠近一点，那我好知道我们之间有没有……化学反应。至少我得有点概念。

“而塞莱斯特，她是很有影响力的，她本来就是个名人，这在电视上显得很风光；而且，选一个本来等级就离我不远的人，听起来也很合理。我喜欢她的不屈不挠，至少她是有骨气的。但是，我也看得到，她是个很会利用人的女孩，她在这个比赛中肯定是要得到她想要的东西。当她抓住我的时候，她心里看得更仔细的，是皇冠。”

他闭上双眼，准备说出最难听的一番话：“她在利用我，所以我利用她的话也不会觉得内疚。就算知道有人鼓励她向我投怀送抱，我也不惊讶。我可以尊重克瑞斯的坚持，而我更想在你的怀抱中，但你都不愿意跟我说话了……

“难道我想要十五分钟时间放松一下，就这么不可原谅吗？就只是享受一下？只是假装一下有人是爱我的？你要是想批判我，随便吧，我不能为自己想要一些正常的东西而道歉。”

他深深地看着我的眼睛，等着我去反驳他，却又同时希望我不会反驳。

“我懂。”

我想到艾斯本，他紧抱着我的双臂以及他的诺言。难道我不是在做一模一样的事情吗？我能看出来，麦克森的脑筋在转动，正在思考我刚才那句话是什么意思。可这是我唯一不能说的秘密，就算对我来说那已经是过去的事了，我还是不能让麦克森把我想成别的样。

“你会选她吗？我指塞莱斯特。”

他过来坐到我身旁，每一个动作都很小心，难以想象他正在承受多么强烈的疼痛。

“如果一定要选的话，我情愿选她也不选伊莉斯或纳塔莉；可是，除非克瑞斯自己想退出，否则这件事不可能发生。”

我点头："克瑞斯是个很好的选择，比我适合当王妃，真的更适合。"

他咯咯一笑："她倒不怎么去煽动别人。要是你坐在王位上，只有老天爷知道这个国家会变成什么样。"

他说得不错，我也跟着笑了："我很可能会把它毁掉。"

麦克森还是边说边笑："不过，或许我国正需要有人破坏一下。"

我们又沉默地坐了一会儿。我想象着我的世界被毁了会是什么样。我们根本不可能搞掉皇室家庭，又怎么可能从这种体制中出来呢？不过，或许我们能够改变一些事情的做法，很多职位可以改用选举上任，而不是继承。而等级制度……我真的非常希望这个体制消失。

"你能满足一下我吗？"麦克森问。

"什么意思？"

"嗯，今晚我跟你分享了很多难以开口的事情，我在想，你能不能回答我一个问题。"

他的表情很真诚，以至于我无法拒绝他。我只希望，无论关于什么事我都不会后悔，在这一刻，他对我的诚实比我值得的还要多。

"好的，任何事都行。"

他咽了一下口水："你爱过我吗？"

麦克森看着我的眼睛，不知道他能不能从我眼中看到，所有我抑制住的那些感情，那些因为我误解他而藏起来的感情，那些我从来不敢给一个名分的感情。我缩了一下脖子。

"当我以为你是伤害玛莉的凶手时，伤透了心，不单是因为发生了这样的事，而是因为我不想把你看成那种人，这我心里清楚。当你谈起克瑞斯，或许当我想到你亲吻塞莱斯特的时候……我嫉妒得透不过气来，我心里也清楚。万圣节那晚我们谈话，当我设想着我们的未来之时，我很清楚，那时，我真的开心。我知道，如果你开口求婚，我已经答应了。”最后几个字已经变成呢喃，几乎无法思考。

“我也明白，我永远都不知道该如何去接受你和别人约会，或者只是单纯地当一个王子。就算今晚你告诉了我这么多事，我还是觉得，有一些部分，你会永远守住，不分享……”

“即便如此……”我点头，却不能说出口。如果说出口的话，我又怎能忍心离去？

“谢谢你。”他轻轻地说，“至少，我现在知道，我们在一起相处的短暂时间里，你和我的感受是相同的。”

我觉得双眼刺痛，眼泪快要流下来了。他从来没有说过他爱我，现在他也并没有这么说。可是，他的话，已经非常接近了。

“我太愚蠢了。”我深呼吸着想要平静下来，努力想要忍住泪水，可是最终失败了，“王位的事，一直吓得我不敢想要你。我一直在说服自己，你并不重要；一直偏执于，你跟我说谎了，你骗我了，你不相信我，又或者你不在乎我。我引导自己，让自己相信，我对你来说根本不重要。”

我看着他英俊的脸：“看到你的背，我才知道，你会为我做任何事，而我却把你的心意扔掉了，我就那样扔掉了……”

他张开双臂，我一下子扎进他怀里。麦克森沉默地抱住我，双手摸着我的头发。我只希望其他所有事都抹掉，只剩下这一刻。现在我和他都清楚，自己对对方来说是多么重要。

“请不要哭了，亲爱的。如果可以的话，我真希望这辈子都不再让你流泪。”

我说话的声音是颤抖的：“我再也不能见你了，都是我的错。”

他把我抱得更紧了：“不是你的错，我应该更直接。”

“我应该更有耐心。”

“那天晚上，我应该就在你的房间里求婚才是。”

“我应该让你求婚的。”

他轻轻笑了。我抬头看他，不知还能再看几次这样的笑容。麦克森的手指擦干我脸上的泪，然后坐在那儿，看着我的眼睛。我也一样，努力想要把这一刻深深地刻进脑海。

“亚美利加……我不知道我们还有多少时间能在一起，但我不想把这些时间花在反悔我们没做的事情上。”

“我也不想。”我把脸放在他的掌心，亲上去，然后，一根一根地亲吻他的手指。他用另一只手把我的头拉近他的脸，亲上了我的唇。

我想念这些吻，是那么安静又肯定。我心里明白，如果我嫁给艾斯本或其他人，也不会再有人给我这种感觉了。这种感觉并不是我能令他的世界变得更好，而是，我就是他的全世界；这不是一次性的爆炸，而是炫丽的烟火。这团火慢慢地从里面烧出来了。

我们换了个姿势，现在我躺在地板上，而麦克森在我身上。他用鼻子描绘着我的下颌线，一直到脖子、肩膀，然后又原路返回到我的嘴唇上。我一直在抚摸他的头发，那么柔软，让我的掌心发痒。

一会儿之后，我们把毯子拿出来，铺在地上临时打了个地铺。他抱着我很久很久，看着我的眼睛，如果不是我犯下大错，我们本可以一辈子都这样。

麦克森的衬衣干了之后，他穿上了，并且穿上外套掩盖住后背的血迹。穿戴整齐后，他又躺回我身边，累了就开始说话聊天。我不想睡着，而且我能感觉到他也不想睡着。

“你觉得你会回到他的身边吗？你的前任。”

我现在不想谈艾斯本，但我想了一下：“他是个不错的选择，聪明、勇敢，或许是地球上唯一一个比我还顽固的人。”

麦克森轻笑出声，而我闭着眼睛，接着说下去：“不过，我需要一段时间，才能再去考虑这个问题。”

“嗯。”

我们又沉默了，麦克森用大拇指轻按着我的一只手。

“我可以给你写信吗？”他问。

我想了想：“或许你该等几个月之后再说，或许你根本不会想念我。”

他发出了一声几乎是笑的声音。

“如果你真的要写……你要告诉克瑞斯。”

“你说得对。”

他没有说清，他是指会告诉她，还是同意不给我写信。可那一刻，我并不想知道。

难以相信这一切都是因为一本愚蠢的日记。

我倒吸了口冷气，突然睁大了眼睛。**那本日记**！

“麦克森，北方叛军会不会是在找这些日记？”

他挪动了一下，还是没反应过来：“你是什么意思？”

“那天我被追到森林里时，我看到他们了。其中有一个女孩掉了一整袋子的书，而她同行的男生也有一包书。如果他们在偷书，就很有可能是在找某一本特别的书？”

麦克森睁大眼，又眯起眼思考：“亚美利加……那本日记里究竟写了什么？”

“很多事情，写了格雷戈里怎样夺权，如何推行等级制度，都很恶劣，麦克森。”

“可是《报道》被中止了，”他坚持着，“就算这正是他们要找的东西，他们也不能肯定你手上的书就是它，更不会知道里面写了什么。相信我，在这次意外之后，我父亲肯定会比过去更小心地将这些资料藏起来。”

“肯定是这个。”我捂住脸，压下去一个哈欠，“我就知道。”

“别这样，”他说，“别太激动了。我们只是知道，他们真的很喜欢读书。”

我对他故意幽默的行为发出不满。

“我真的觉得，事情被我搞得不能再糟糕了。”

“嘘。”他凑近我说，强壮的双臂把我紧紧地按在地上，“现在别担心了，你应该睡一会儿。”

“可是我不想睡。”我轻轻抱怨，朝他的方向靠得更近了些。

麦克森再次闭上眼睛，双手没有松开：“我也不想，就算在风平浪静的日子里，睡觉都会让我觉得紧张。”

这句话让我心好痛，无法想象他一直活在紧张的状态里是种什么感受，尤其是，害他这么痛苦的人是他的亲生父亲。

他松开了我的手，把手伸进自己的衣兜里。我眯着眼看了看，发现他还是闭着双眼。我们都困得快睡着了，可他又拉起了我的手，要把东西往我手腕上戴，我感觉那是他送我的在新亚洲买的手链。

“我一直把它放在口袋里，我真是个可怜的浪漫主义者，对不对？我本来是要自己留着的，可是，我希望你手上留一个我送你的东西。”

他把手链戴到艾斯本那条小布链的上面，那个纽扣贴紧我的皮肤。

“谢谢你，我很高兴。”

“那么，我也高兴了。”

然后，我们就没再说什么。

THE ELITE

第三十章

门发出的吱呀声把我吵醒了，晒进来的阳光很刺眼，我不得不遮住眼睛。

“殿下？”有人开口，“噢，神啊！我找到他了。”他尖声大喊，“他活着！”

我们周围迅速聚满了警卫和管家。

“你是来不及到楼下去吗，殿下？”其中一名警卫问道，我看他身上的名牌上写着：马科森。虽然我不是很肯定，但他应该是警卫中职位比较高的一位。

“情况不允许，应该有人去告诉我父母才对，我跟他说了要先去跟他们通报。”麦克森解释，一边在理头发，只有一秒的动作出卖了他背上的伤痛。

“哪个警卫？”

麦克森叹息说：“我没留意他的名字。”他转头看我。

“我也没有，但是，他的大拇指上戴着一个戒指，灰色的，应该是白镴制的。”

警卫马科森点头：“那是坦纳，他没能活下来。我们损失了二十五名警卫，大概十二位工作人员。”

“什么？”我捂住嘴。

艾斯本。

我只能为他的安全祈祷。昨晚我太专注于这情景，还没想到要去担心。

“我父母怎样了？其他精英等级人员呢？”

“他们都安全，先生。可是，您母亲一直比较激动。”

“她从密室出来了吗？”我们开始往外走，麦克森领路。

“所有人都出来了。我们错过了几间小一点的安全室，现在是第二遍清查，主要是想寻找你和亚美利加女士。”

“噢，神啊！”麦克森说，“那我先去找她。”可是他又突然停下。

我顺着他的眼神看，还是上次留下来的那一句警告，潦草地写在墙面上。

我们要来了

这句警告以不同的方式在走廊里重复着，不单这样，这次的破坏程度更严重了。之前我从来没有看到过反叛分子对楼下造成破坏，只会看到我房间附近的情况。地毯上有一大片污渍，宣布着那是某个手无寸铁的侍女又或是无畏的警卫倒下的地方。窗户的玻璃都碎了，留下很多口子。

很多灯都被打破了，其中还有一些挣扎着不肯灭。墙面上还有很多大窟窿，看起来特别恐怖，这些都让我不得不思考，他们是不是看见有人进去安全室了，是不是有意追捕？昨晚我和麦克森究竟离死亡有多近？

“小姐？”一名警卫喊我，把我拉回现实中，“我们已经联系了所有的家属，因为袭击纳塔莉家人的行为就是针对选妃的，他们想中止选妃，让大家为了家属的安危而主动离开。”

我捂住嘴：“不。”

“我们已经派了皇宫的警卫去保护他们，而国王坚持不让任何一个人离开。

“如果她们自己想走呢？”麦克森反对，“我们不能强迫她们留下。”

“当然了，先生。您需要和国王说一下。”警卫看起来有点尴尬，不知道如何去协调这两边的意见。

“你不需要保护我的家人时间太长的。”我说这句是为了缓和一下气氛，“告诉他们，我很快就回家。”

“好的，小姐。”警卫鞠了个躬就走了。

麦克森插嘴进来：“我母亲在她房间吗？”

“是的，先生。”

“告诉她我马上去见她，你可以退下了。”

我们又可以独处了。

麦克森牵起了我的手：“请别急着走，跟你的侍女们道个别，如果你愿意的话，也跟别的女孩道个别。而且，先吃点东西吧，我知道你很喜欢这儿的食物。”

我微笑了：“我会的。”

麦克森舔了舔嘴唇，有点坐立不安。就是这一刻了，道别的时刻。

“你把我永远改变了。我永远不会忘记你的。”

我举起另一只手放在他胸膛上，帮他抚平外套：“你不要跟别人拉耳朵哦，这是属于我的。”我给他一个僵硬的笑容。

“有很多东西都是属于你的，亚美利加。”

我哽咽了一下：“我要走了。”

他点头。

麦克森迅速地亲了一下我的唇，然后就跑了。我看着他的背影，直到消失不见，然后往自己房间走去。

想着我要留在这儿的，还有即将要发生的一切，在主楼梯上每爬一步都是折磨。等一下我摇铃，要是露西不来找我怎么办？玛丽呢？安妮呢？要是我一路上看遍遇到的警卫都找不到艾斯本呢？

走到二楼，每个角落都被破坏得很严重，可是这个在我眼中最漂亮的地方还可以认出来。不过，要花多少时间和金钱来修复这些，那不是我能想象的。反叛分子还真是够彻底。走近我的房间时，我听见特别明显的哭声，那是露西。

我吁出一口气，庆幸她没生命危险，不过同时也害怕知道是什么事害她哭。我双手抱着胳膊，转过我房间门口那个角落。

玛丽和安妮脸涨红着，双眼红肿，在那儿收拾阳台门上打碎的玻璃。玛丽扫了一半停下来深吸了一口气，让自己平静下来。在角落里，露西正在艾斯本的怀里哭着。

“嘘。”他在安慰她，“他们会找到她的，一定会的。”

我顿觉安心，眼泪一下就下来了：“你没事，你们都没事。”

艾斯本长出一口气，双肩一下就放松了下来。

“我的小姐？”露西反应过来，下一秒就冲我过来，紧跟着她的是玛丽和安妮。她们把我团团围住。

“噢，这太不合适了。”安妮抱住我说。

“老天爷啊，放松点吧。”玛丽反驳。

我们全都没事，太开心了，大家都开心地大笑起来。

我看到她们身后的艾斯本站起身，看着大家安静地微笑，明显很高兴看到我。

“你在哪里？他们四处都搜遍了。”玛丽把我拉到床边坐下。床上一片狼藉，枕头被利器捅破了，羽毛四处飞扬。

“在他们没查到的安全屋里，麦克森也很安全。”我说。

“感谢老天爷。”安妮说。

“他救了我。反叛分子来时，我正要去花园里，如果我真出去了……”

“噢，我的小姐啊。”玛丽喊了出来。

“别担心了。”安妮说，“我们会马上收拾房间，然后会为你准备一件很棒的新礼服，而且我们还能……”

“没有必要了，我今天就回家，只需要穿些简单的东西，几个小时后就走。”

“什么？”玛丽倒吸了一口气，“可是，为什么啊？”

我耸耸肩：“就是进行不下去了。”我抬头看艾斯本，却无法看懂他的表情，只能看到他因为我活着而松了口气。

“我真的觉得他会选你的。”露西说，“由始至终，而且，你昨晚说的那番话……不敢相信你要回家了。”

“谢谢你，不过这也没什么。从现在开始，要是有什么事可以帮克瑞斯一把的话，请帮帮她，为了我。”

“当然可以。”安妮说。

“为了你当然可以。”玛丽支持。

艾斯本清了一下嗓子：“女士们，能给我几分钟时间吗？如果亚美利加女士今天就要离开，我需要跟她说一下安全措施，我们可不能坚持了这么久，到现在再让她受伤。

“安妮，你或许可以去拿点干净毛巾来，她应该以淑女的形象回家。玛丽，拿点食物好吗？”她们都点了头，“露西，你需要去休息一下吗？”

“不！”她喊了出来，站在那儿，“我可以工作。”

艾斯本微笑：“很好。”

“露西，那你去工作室完成那件礼服，一会儿我们就去帮忙。我不在乎别人怎么说，亚美利加女士，你离开时也得漂漂亮亮的。”安妮最后两句是冲着我说的。

“好的，大总管。”我回应她。她们出去后把门关上了。

艾斯本走到我面前，我站起来面对他。

“我以为你死了。我以为我失去了你。”

“今天还不是时候。”我虚弱地笑了。在看过这么糟糕的情况之后，唯一能让我保持镇定的方式就是开个小玩笑。

“我拿到你的信了，不过我不敢相信，你居然没有跟我提过那本日记。”

“我不能提。”

他走得更近，伸手来抚摸我的头发：“亚美，如果你不能给我看，那么你真的不应该把这个给整个国家看，而且这个等级制度……你太疯狂了，知道吗？”

“嗯，我知道了。”我看着地板，回想了一下前一天的各种疯狂。

“所以，麦克森因此把你踢出局了？”

我叹气：“不尽然。国王才是那个要把我打发回家的人，就算麦克森这一秒向我求婚也没用。国王说不行，我就得走。”

“噢。”他简单地说，“你要是不在会变得好奇怪。”

“我知道。”我叹了口气。

“我会给你写信。”他很快地承诺道，“而且，我还可以给你寄钱，现在我有足够的钱了。我回家时我们就马上结婚，我知道，这可能还要过一阵子……”

“艾斯本，”我打断了他。我不知道如何去解释我的心碎，“我走了之后，想要一点平静的时间，可以吗？我需要从这些事情里缓过来。”

他一脸受伤地后退了一步：“所以，怎样，你不想我给你写信或打电话？”

“或许不是马上联系吧。”我尽量用一种没什么大不了的语气说，“我只想和家人好好待一待，想清楚下一步怎样做。在这儿我感受到了很多，我不能……”

“等等，”他举起一只手，然后沉默了片刻，看着我的脸，“你还是想他，”他说出来了，“在他做了那么多事，在玛莉那件事之后，而且就算已经完全没有希望了，你还是想着他。”

“他从来没有做什么坏事，艾斯本。我真希望能把玛莉的事情解释给你听，可是我发誓我不能说出来。我对麦克森没有怨恨，而我也知道这已经过去了。可是，现在我的感觉与你当时和我分手时，是一样的。”

他难以置信地嘲笑我，仰着头表示他不能相信他听见的话。

“我是认真的。当时你和我分手，选妃比赛变成了我的救命稻草。因为我知道，在这个地方，我至少可以花点时间来缓和心里的痛苦。然后你就出现了，所有事情因此而改变。你把我留在树屋中的那一刻，你就把我们之间的关系永远改变了。你一直在想，只要自己努力，就可以把我们的关系变回到那一刻之前，可感情不是这样的。给我一个机会去**选择**你，好吗？”

这些话冲口而出之后，我终于明白一直觉得不对劲的问题在哪儿了。我爱着艾斯本太久了，所以我们会假设很多事情，可是，现在一切都不一样了，我们再也不是两个无足轻重的人。我们看过了太多，现在根本不可能假装，回到原来的生活我们还会快乐。

“你为什么不会选我，亚美？难道我不是你唯一的选择吗？”他的声音充满了伤感。

“没错。难道你不觉得困扰吗？我不想单单因为我另一个选择行不通，而你又从来没有考虑过别的女孩，成为最后和你在一起的那一个。你真的想接受默认选项吗？”

他有点激动地说：“我不在乎是怎样得到你的，亚美。”

突然他冲到我身前，双手捧住我的脸。艾斯本用力地亲了我，尽力想让我回想起他对我的意义。

我没有回应他的吻。

终于，他放弃了，松开了我的脸，想从我的表情上读懂什么。

“发生什么事了，亚美利加？”

“我的心在滴血！这就是正在发生的事！你觉得会是什么感觉？我现在太困惑了，而你是我唯一可以依靠信任的人，可是，你却没那么爱我，没爱我至让我自由地呼吸。”

我开始哭，然后他终于冷静下来。

“对不起，亚美。”他轻轻地说，“只是，我一直在想，我已经失去了你，直觉上就是要把你赢回来，我只是一心这么想。”

我看着地板，想稳定一下自己情绪。

“我可以等你。”他许下承诺，“当你准备好了，就写信给我。我很爱你，我可以让你呼吸。昨晚之后，我只希望你一直呼吸下去，所以，请呼吸吧。”

我走进他的怀抱，任由他抱着我，但感觉和从前已经不一样了。我一直以为自己希望艾斯本永远在我的生活里，可现在我第一次感觉到，可能不完全是这样。

“谢谢你。”我轻轻说，“在这儿注意安全，不要逞英雄，艾斯本，照顾好自己。”

他点了点头，什么都没说，往后退了一步，然后亲了一下我的额头，转身往门外走去。

我站在原地良久，不知道下一步该怎么做，只能等着侍女们来，最后一次把我收拾整洁。

第三十一章

我拉了拉身上的礼服："这会不会太隆重了？"

"绝对不会！"玛丽坚持说。

现在才是下午时分，她们就让我穿上了晚礼服。礼服是紫色的，雍容华贵，及肘的衣袖是为了让我在更冷的卡罗莱纳省也不会觉得冷，而且上面还有一套斗篷可以盖住双臂，高领也是为了挡风用的。她们把我的头发盘了起来，让我觉得，这是我有史以来最好看的扮相。真希望我有机会去见一下安伯莉王后，我相信，连她也会对这个打扮印象深刻的。

"我不想拖延。"我坚持着，"离开已经很难了，我只是希望你们知道，我对你们的帮助非常感激，不只是因为你们把我打扮得干净漂亮，也因为你们的陪伴、关怀。我永远都不会忘记你们的。"

"我们也会永远记得你，小姐。"安妮承诺道。

我点点头，用手在脸颊处扇着风："好吧，好吧，我今天哭得够多了。你们能不能去跟司机说我马上就下去，我需要一小会儿。"

“当然可以，小姐。”

“我们现在拥抱还是不恰当吗？”玛丽看了看我，又看了看安妮。

“谁在乎呢？”她说出口。然后她们围住了我，给我深深的拥抱。

“你们要照顾好自己。”

“你也是啊，小姐。”玛丽说。

“你一直都是淑女。”安妮补了一句。

她们都退下了，只有露西还抱着我。“谢谢你。”她吸了一下鼻子，我听得出来她在哭，“我会想你的。”

“我也是。”

她松开了我，然后她们一起走到门口，三个人并排着，对我行最后一次屈膝礼。然后我挥了挥手，她们就下去了。

过去几周里，好多次我都想离开。现在，这一刻终于到了，我却心情低落。我走到阳台上，看着下面的花园，看着我和麦克森初次相遇的那个地方、那张长椅。不知道为什么，我觉得他有可能会在那里。

可是他并不在。他有很多重要的事情要做，不可能坐在那儿想着我。我摸着手腕上的链子，**他会想我的**，时不时地想起我，这就够了。无论如何，这是真实的。

我回到房间，关上门，走出走廊。我走得很慢，虽然地上有很多碎玻璃和烂框架，可我还是最后一次欣赏着这儿的富丽堂皇。

我记得第一次走到这个巨大的楼梯间时，真是又困惑又感恩，当时还有很多女孩在呢。

我走到大门前，停顿了一刻。我已经习惯被关在这两扇厚重的门之内了，现在要走出去，总有一种哪里不对的感觉。

我深吸了一口气，伸手去拉门把。

“亚美利加？”

我转身，麦克森站在走廊尽头。

“嗨。”我虚弱地打招呼，没想到还能再见到他。

他很快地走到我的面前：“你看起来美得令人窒息。”

“谢谢你。”我摸了摸身上这件最后的礼服。

我们站在那儿，都沉默了，互相看着对方。或许这就是最后时刻、最后的一面。

他突然清了一下嗓子，想起来他来的目的了：“我和父亲谈过了。”

“哦？”

“是的，他对我昨晚没有死这一点很高兴，你应该也想到了，保有皇家血脉对他来说是极为重要的。我跟他说，我差一点儿就被他的脾气害死，而且跟他说，是你带着我找到藏身之处的。”

“可是我并没有……”

“我知道。可是他不需要知道。”

我微笑。

“我告诉他，我给了你很多行为举止上的指引，当然，这一点他也不需要知道是真是假。可是，如果你愿意的话，你可以表现得就像真的一样。”

我不明白自己回到这个国家的另一边时，为什么还需要假装怎样，可还是点了点头。

“考虑到他以为我的命是你救回来的，他同意我把你留下来，他觉得我这个想法情有可原，只要你表现得尽量乖巧，搞明白你的立场。”

我盯着他看，不太确定我有没有听错。

“说真的，最公平的做法是让纳塔莉走，她根本承受不住这一切。而且现在她一家子都在哀悼妹妹，回家对她来说是最好的选择。我们谈过了。”

我还是震惊得说不出话。

“我可以解释一下吗？”

“请。”

麦克森拉起了我的手：“你会作为王妃人选留在这儿，还要继续留在这个比赛之中，可是事情不一样了。我的父亲很可能会对你非常严厉，也可能想尽办法让你失败。可是我想，肯定有办法可以化解，尽管会花点时间。你也知道他有多可怕，需要做好心理准备。”

“还有，”麦克森盯着地毯，整理着思绪，“亚美利加，毫无疑问的是，你从一开始就得到了我的心。到现在，你需要确实明白这一点。”

当他抬起眼睛看我时，他全身上下都在表达这一点，而我全身上下也都能感受到这一点。

“但是，你现在没有的，是我的信任。”

我很恐慌：“什么？”

“我告诉了你很多秘密，尽我所能地维护你，可当你生我气的时候，你却鲁莽行事。你把我拒之于门外，责怪我，又或者更离奇地，想要去改变整个国家。”

噢，这真是有点严厉。

“我需要确认，你靠得住。我需要确认，你会守住我的秘密，相信我的判断，而且不能对我有所保留。我需要你对我完全诚实，而且不能对我的任何决定提出疑问。我需要你对我有信心，亚美利加。”

听见这些真是很难受，但不可否认，他是对的。我做过任何事来赢得他的信任吗？他身边的每一个人都想要影响他，而我不能只是为了他而留在他身边吗？

我搓着手：“我对你有信心，而且，我希望你能看到，我想和你在一起。不过，其实你对我也可以更坦诚一些。”

他点点头：“或许吧，有很多事情我想告诉你，可我知道的事情又都那么敏感，就算你只有一丝的可能性会说出去，我都不能说，因此我才需要确认，你能不能守住秘密。而且，我还需要你对我完全坦白。”

我吸了口气要回应，可是说不出任何话。

“麦克森，你在这儿啊。”克瑞斯从转角出来喊他，“刚才我没机会问你，今晚我们还一起吃晚餐吗？”

麦克森看着我说：“当然一起吃，在你房间吃吧。”

“太好了！”

这真的很痛。

“亚美利加？你真的要走吗？”她走近我们时问，我能够看到她眼中的一丝希望。我看着麦克森，他的表情在说：这就是我想说的，你需要承受自己行为的后果，也需要相信我的判断。

“不，克瑞斯，不是今天。”

“很好。”她叹了口气，张开双臂拥抱我。我不知道这个动作有多少是做给麦克森看的，可真相是，根本没有关系。克瑞斯是我最大的对手，但同时也是我在这儿最亲近的朋友，“昨晚我真是担心死了，很高兴你没有受伤。”

“谢谢，太幸运……”我差点儿说出口，有麦克森陪着我真是太幸运了，可炫耀的话肯定会毁掉刚刚建立起来的一点信任。我清了清嗓子，“幸好警卫及时赶到了。”

“感谢老天爷，好吧，那我们晚点儿见。”她转向麦克森，“今晚我等你。”

克瑞斯脚步轻快地走开了，我好像第一次见她这么高兴。我想，我要是她，看到自己所爱的男人把从前的心上人放在一边而选自己，也会脚步轻快吧。

“我知道你不喜欢这样，可是我需要她。如果你让我失望的话，她是我最好的选择。”

“没有关系。”我耸耸肩，“我不会让你失望的。”

我在他脸上匆匆一吻，然后转身上楼，没有回头看他。几个小时之前，我以为自己彻底失去麦克森了。现在，我清楚他对我有多重要，而我要尽力争取他，其他女孩估计还来不及作出反应。

我走到楼梯顶，觉得自己士气很足。也许这种情况之下，我应该更担心竞争对手才对，可我满脑子都是怎样最终克服所有困难。

或许国王感受到了我的愉悦，又或者他只不过一直等在那儿，当我走到二层，他就站在走廊中间。

他缓慢地向我走来，明显是要展示控制力。他在我跟前站住，我向他行了屈膝礼。

“陛下。”我说。

“亚美利加女士，看来你还会待一段时间。”

“是的。”

一群警卫经过我们身边，冲我们鞠了躬：“我们谈谈正事吧。”他严厉地说，“你觉得我妻子怎样？”

我皱起了眉，很惊讶他居然问这种问题，但我还是坦白地回答了：“我觉得王后很了不起，我没有足够的词汇来形容她的好。”

他点了点头：“她真是个难得的女人，很漂亮，这点不用说，而且又谦逊。她有点胆小，却不是懦弱，顺从，有幽默感，而且很会聊天。所以，就算她的出身比较低，也注定要成为王后。”

他顿了一下，然后看着我，审视我脸上的崇拜之情：“可是，你却完全不是这样。”

他接着说，我努力保持镇定：“你的外貌普通，红发，还有点苍白，身材还算可以吧，可是要跟塞莱斯特一比，完全不算什么。而至于你的脾气……”他吸了一口气，“你太粗暴、滑稽，而你唯一一次要做件严肃的事情，就是要把国家的根基拆掉，完全不经大脑。而且，我还没说你的礼仪和步态呢，克瑞斯相对来说就可爱得多，而且很有礼貌。”

我抿住嘴，忍住不哭。我提醒自己，这都是我早就心知肚明的事。

“而且，当然了，你加入这个家也不会给我们带来任何政治上的好处，你的等级并没有低到让大家觉得很受鼓舞，而你也没有任何人脉。伊莉斯对我们去新亚洲就给予了很多帮助。”

他们根本没有与她的家人联系上，这句话里面有多少是真的呢，或许的确有一些事情我不知道，又或许这些事情都是夸大用来让我难受的。如果这是目的，那么他成功了。

他用冷峻的眼神盯着我："你在这儿要干什么？"

我咽了下口水："我想，这你要去问麦克森。"

"我在问你。"

"他希望我留下。"我坚定地说，"而我也想留下。只要这两点不变，我就会留下。"

国王咧嘴笑了："你多大？十六？十七？"

"十七。"

"我相信你不太了解男人。如果你想留在这儿的话，你就应该了解男人。我这么说吧，男人是很多变的，你或许不该对他那么执着，随时都可能有人把他的心夺走。"

我眯起眼看他，不明白他是什么意思。

"我在皇宫里到处有眼线，我知道女孩子们对他投怀送抱，你想都想不到。你觉得你这种相貌平平人的比那些姑娘强在哪儿？"

那些姑娘？众数？他的话中指的肯定不只我在走廊里见过的麦克森和塞莱斯特那次？昨晚我们几个小时的接吻，也比不上他一直在经历的其他事吗？

麦克森说过他想对我坦白，这方面他还守着秘密吗？

我暗下决心，要相信麦克森。

"如果是这样的话，麦克森会在他认为合适的时候让我走，而你也没什么好担心的。"

“可是我担心！”他大吼出声，然后又压低了声音，“如果麦克森真的犯傻选了你，你那些愚蠢的行为会害我们失去所有。几十年、几代人的汗水就因为你想扮英雄而毁于一旦！”

他凑得太近了，我不得不往后退了一步，但是他接着逼近，我们之间几乎没剩多少距离了。他的声音低沉、沙哑，比吼叫的时候更可怕。

“你一定要学会不乱说话，不然，你和我就是敌人。相信我，你不会想成为我的敌人的。”

他一根手指已经指到了我的脸上，愤怒得简直当场就能撕掉我。就算附近有人，他们又能说什么呢？没有人会从国王手上救我出来。

我尽量保持镇定：“我明白了。”

“很好。”他突然变得心情很好的样子，“那么，你回去收拾吧，下午好。”

我站在那儿，他走之后我才发觉自己一直在颤抖。他让我闭嘴，应该是不让我跟麦克森提这件事，那么，至少目前来说，我不会。我敢说这是一个测试，他要看看能把我逼成什么样，而我一定得挺住。

这么想的同时，我内心有些东西变了。我很紧张，没错，可我还很愤怒。

这个男人凭什么对我指手画脚？他是国王没错，可他真的是个暴君。他觉得用强权压制住身边的人，不让大家说话就是为我们好？可是，被逼生活在社会边缘到底有什么好？除了他自己之外，伊利亚全国上下的人都受到不同的限制，有什么好？

我想到麦克森把玛莉偷偷藏到厨房深处。就算我在皇宫的时间并不是很久，我都知道，他会比他父亲做得好得多。麦克森至少有同情心。

我缓慢地呼吸，直到觉得自己平静下来，才往前走。

我走进房间后，马上按铃叫侍女们回来。安妮、玛丽和露西以我想象不到的速度上气不接下气地跑了进来。

“我的小姐？”安妮说，“有什么问题吗？”

我微笑：“除非你觉得我留下来是个问题。”

露西尖叫：“真的吗？”

“当然了。”

“怎么可能？”安妮问，“我以为你说……”

“我知道，我知道，很难解释，我只能说，我得到了一次机会。麦克森对我来说很重要，我要争取他。”

“太浪漫了！”玛丽喊出来，而露西拍起了手。

“轻点儿！轻点儿！”安妮严肃地说，我以为她会很兴奋，不明白她为什么突然这么严肃。

“如果她要胜出，我们需要一个计划。”她的微笑异常邪恶，而我也跟着她笑了。我从来没见过像她们几个这么有条理的人，如果有她们相助，我就不可能输。

第二本完结